深川の重蔵捕物控ゑ 2

縁（えにし）の十手

西川 司

時代小説

二見時代小説文庫

目次

深川の重蔵捕物控ゑ２──縁(えにし)の十手

第一話　張り子の虎

一

天保(てんぽう)十三年弥生(やよい)八日――その日は、深川(ふかがわ)一帯を仕切る岡っ引きの重蔵(じゅうぞう)にとって特別な日である。十一年前、重蔵が捕らえた悪党一味の鍬蔵(くわぞう)という男が逆恨みし、重蔵の目の前で恋女房のお仙(せん)を匕首で殺したのである。今もお仙のことを愛おしく想っている重蔵は毎年、命日の日は夜明け前に目を覚まし、位牌の前に座って線香をあげ、半刻ほどもの間手を合わせてお仙との思い出に浸るのだった。

やがて日が昇り、お天道さんを拝みながら家の前の道を掃き掃除しようと外に出てみると、寒の戻りだろう、やけに冷たい北風が吹いていた。

重蔵がそそくさと掃き掃除を終えて家の中に戻ると、義弟の定吉(さだきち)がすでに簡単な朝食を作り終えていた。

そして居間で、朝飯を食べ終えた重蔵が定吉と白湯を飲んでいると、玄関の戸が開くとともに男のおとなう声が聞こえた。

「こんな朝早くにだれだろうな」

重蔵が白湯を飲む手を止めて、玄関に目を向けていった。

「見てめぇります」

定吉が腰を上げて玄関に向かうとすぐに居間に戻ってきた。

「町火消しの南組壱組二番頭の辰造さんです。どうしても親分に聞いてもらいてぇ話があるそうです」

重蔵は一瞬、怪訝な顔つきになった。江戸の火消し組は隅田川の西側を受け持つ「いろは四十八組」、東側の「深川本所十六組」で編成されているのだが、重蔵の住む六間堀の受け持ちは六組で、辰造の壱組の受け持ちは木場なのである。

それに辰造が重蔵の家を訪ねてくるのははじめてのことで、しかも、町木戸が開いて間もない早朝の時刻なのだ。

「上がってもらってくれ」

重蔵は気を取り直していった。

「へい」

ほどなくして、背中に大きな「壱」の字を白い丸で囲った刺し子半纏に、股引き姿の引き締まった体軀の二十九になる辰造が姿を見せた。

町火消しの二番頭は纏持ちである。纏持ちは、その組の中で体格、力量が特に優れた者が選ばれ、消し口の要所に立って火消しを鼓舞する最も重要で危険な役目を担う、町火消しの花形である。

〝火事と喧嘩は江戸の華〟といわれるように、江戸の町はとにかく火事が多い。その火事の被害を最小限に食い止めるために命がけで消し口の要所に立つ纏持ちは、人々の憧れの的でもある。

「親分、朝早くにお邪魔してすみません」

長火鉢の前で両ひざに手を置いて、重蔵と向き合って正座した辰造は、背中に板でも入れているかのように背を真っすぐに伸ばしたまま、すっと頭を下げた。纏持ちは、その組一番の美男から選ばれるともいわれており、辰造の一挙手一投足はどれをとっても様子がいい。

「なぁに構わないさ。さ、足を崩して、楽にしてくれ」

深川一帯を縄張りとする名うての岡っ引きで、四十一の重蔵は薄い笑みを浮かべていった。重蔵は辰造とこうして相対(あいたい)して話をしたことはない。道ですれ違えば挨拶するくらいの間柄だ。しかし、重蔵は、共に命を懸けて深川の町と人々を守っているという自負があるからだろう、辰造とは親しくせずとも心は通じ合っているはずだと思っている。

「へい、じゃ、遠慮なく――この時刻じゃねぇと、ゆっくり話を聞いてもらえねぇだろうと思いまして」

辰造が足を崩して胡坐(あぐら)をかいていった。

「もう半刻もすれば、おれは番屋廻りに出て、終わるのは夕刻。あんたはあんたで、夕刻になればいつどこで火事が起きるかわからねぇから、家を空けられないもんな」

重蔵は滅多に伝法(でんぽう)な物言いや振る舞いはしない。岡っ引きは、お上(かみ)の手先である。ただでさえ、人々に疎(うと)まれ、恐れられる存在なのだ。だが、悪党を捕まえるには、どうしても人々の力を借りなければならない。であるから、伝法な物言いや振る舞いをして、人々を遠ざけてしまうようなことはせず、頼られ、親しまれる存在にならなければならないと、思っているからだ。実際のところ、重蔵を怖がるのは悪さをする者や悪党たちで、町人たちはなにか困ったことがあれば気後(きおく)れすることなく相談にきたり、珍しいものやうまいものが手に入れば気軽にお裾分(すそわ)けを持ってきてくれたりする、なんとも頼もしく親しみのある親分という存在になっている。

「へえ。おっしゃるとおりで——」

「どうぞ——」

定吉が茶を出すと、

「すまねぇ」

辰造は茶を手に取ったものの、口に運ぼうとはせず、どうしたものかという顔つきになったまま、なかなか話を切り出そうとしなかった。

そんな辰造に重蔵は、

「おれに話があってきたんだろ。そう遠くない日に江戸の三男になる辰造さんが、らしくない顔をして、いったいどうしたんだい」

と、冗談めかして促した。

〝江戸の三男〟とは、与力、力士、火消しの頭領のことで、粋で鯔背な男の代表格である。辰造は深川本所南組壱組の頭領のひとり娘、お園の婿なのだが、すでに五十を過ぎた義父は間もなく隠居すると聞いている。となれば、辰造が壱組の頭領になるのは川の流れのように自然なことだ。その辰造の顔がやけに曇っている。よほど、厄介な相談ごとがあってやってきたに違いない。

「実は、長吉(ちょうきち)のことでちょいと困ったことがありまして――」

辰造がようやく重い口を開いた。

「長吉って、相川町(あいかわちょう)の『みよし』で板前をやっている、あの長吉のことかい」

「へえ」

「長吉は、おまえさんと幼馴染(おさななじみ)で、たいそう仲がいいと長吉本人から聞いているが――」

一時期、長吉は会えば、辰造は幼馴染なのだとしきりに自慢していたのだ。

「幼馴染だけに、こうした場合、どうしたものか話を聞いてもらおうとやってきたって次第で……」

辰造は硬い表情をしたまま、ちらりと定吉の顔を見た。重蔵にだけ聞いてもらいたいのだろう。

「親分、おれは店を開(あ)ける仕度にとりかかりますんで――」

辰造の胸の内を察した定吉はそういって、居間から出ていった。二十六になる定吉は、髪結(かみゆ)いをしながら一家のたつきを立てていた姉お仙のもとで髪結いの仕事を仕込まれ、今では、お仙の跡を継(つ)いで重蔵の家を改装して造った髪結い床「花床(はなとこ)」の主(あるじ)となる一方で、下っ引きとして重蔵の仕事の手助けもしている。

辰造は定吉の姿が見えなくなるのを確かめると、

「親分、長吉が女房のおたねさんと所帯を持てたのは、親分のおかげだと長吉から聞いていますが、それは本当ですかい」

と、重蔵の顔をまっすぐに見ていった。

「おかげといわれるほど、たいしたことはしてないさ」

長吉が富岡八幡宮（とみおかはちまんぐう）近くの矢場、「梅本（うめもと）」で住み込みで働く十九のおたねと所帯を持ちたいのだが、どうしたらいいかと重蔵のもとに相談しにきたのは三年ほど前のことである。矢場は、だいたいがその土地の地回りが営んでおり、そこで働く女と所帯を持つにはそれなりの金を払って身請けするのだが、自分にはまとまった金がない。そこで、毎月少しずつ金を払うから所帯を持たせてもらえないか、矢場の主と話をつけてもらえないだろうかと長吉が相談してきたのである。

板前の長吉は気が短く、すぐに頭に血が上って、よく誰彼となく喧嘩をするのだが、腕っぷしが強いわけでもなく、道端で喧嘩相手に殴打されているところを重蔵は何度か目にしていて、そのたびに仲裁に入ってやった。そうした縁から、長吉はすっかり重蔵を頼りにするようになったのである。

重蔵は長吉からの相談を二つ返事で引き受けた。所帯を持てば、長吉の喧嘩好きも直るだろうし、板前の腕も磨こうとするだろうと思ったからである。

果たして、重蔵がおたねが働く矢場、「梅本」にいくと、五十男の源五郎という髭面の主は金なんか要らないから、今すぐにでもおたねを連れていってくれといったのだった。というのも、おたねは少々頭が弱く、人一倍の大飯食らいで、そのくせ洗濯や掃除、針仕事といった家事のなにをやらせても鈍重でまともにできず、「梅本」にとっておたねはお荷物でしかなかったのである。

重蔵が実際に、源五郎に呼ばれて居間にやってきたおたねに会ってみると、おたねは小太りで、十人並にも届かない顔をしており、表情が乏しく、なにを訊いても首を横か縦にして答えることがほとんどで、言葉を口にすることはめったにない女だった。

『おたねさん、あんた、相川町の「みよし」という居酒屋で板前をしている長吉って男を知ってるかい？』

そう訊いてもおたねは、どこを見ているのかはっきりしない虚ろな目をしたまま、うんともすんともいわない。

『店の近くの庄兵衛長屋に住んでいる男なんだが、知らないかい？』

重蔵が眉根を寄せて訊くと、それまで表情のなかったおたねが少しして、はっとした顔をした。思い出したのだろう。同時に、重蔵は『そういうことか』と悟った。つまり、おそらく長吉はおたねと庄兵衛長屋ですでに男女の関係を持ったのだろうと気づいたのである。

『長吉のこと、知っているんだな？』

重蔵が念を押すように訊くと、おたねは恐る恐る頷いた。

『その長吉が女房にしたいといっているんだが、おたねさん、あんた、長吉の女房になってもいいと思っているのかい？』

と重蔵が訊くと、おたねは一瞬明るい顔を見せ、ほんのり頬を紅潮させて頷いた。

それを見た重蔵は、その日のうちに長吉の長屋におたねを連れていった。

『長吉、おまえ、おたねさんを女房にして、一生大事にすると誓えるか？』

正直なところ、見栄っ張りで、男ぶりもそこそこの長吉が、おたねのどこが良くて所帯を持ちたいと思ったのか不思議でならなかったし、夫婦としてうまくやっていけるのか一抹の不安を抱いていた重蔵は、長吉に念を押したのだった。

しかし、長吉は得意満面な笑みを浮かべて、

『へい。おたねは、おれのような男が面倒をみてやらねぇと生きていけませんからね。親分、おれはおたねを一生大事にして幸せにしてみせますぜ』

といったのである。

二

「長吉とおたねが所帯を持って、かれこれ丸三年になるなぁ……」

重蔵は辰造から視線を外して懐手をしながら、遠くを見るようにしていった。

「へえ。ところが、ここのところ長吉の様子がおかしいんですよ」

辰造は唇を嚙み、腹痛を我慢しているかのような顔つきになっていった。

「?——辰つぁん、様子がおかしいってのはどういうことだい。まさか、長吉に女ができたなんて話じゃないだろうな」

辰造の様子と話の流れから重蔵が冗談めかして訊くと、

「それが——そのまさかってやつでして……」

辰造は重蔵から視線を外して、申し訳なさそうな顔をしていった。

「?!——辰つぁん、長吉が、どこの女とどうなっているっていうんだい?」

「へえ……長吉とできちまった女は、おみちといって、おれと長吉より五つ下の同じ長屋で育った幼馴染なんです。そのおみちと一月前、ばったり門前仲町で会いましてね。おみちは常磐津の師匠をしていて、佐賀町に住んでいるってんです。で、そのとき、おみちに、都合のいい日に長吉を呼んで、おれの家で再会を祝して一杯飲もうぜと誘ったのがいけなかったんです」

辰造の家で三人で会ってから半月ほどしたある日、辰造が若い衆を連れて賑やかな門前仲町を歩いていると、長吉が仲良く笑い合いながらおみちと歩いているのを見かけたのだという。辰造は若い衆を先に帰らせてふたりを尾けていった。すると、佐賀町のおみちの家に入っていって、町木戸が閉まる時刻になっても、長吉が出てくることはなかったというのである。

そして翌朝、辰造が町木戸が開く時刻におみちの家にいって様子を窺っていると、長吉がおみちに見送られて出てきたという。

「今じゃ、長吉のやつ、店を開ける前に、おみちの家に毎日のように通いつめているようです」

「おたねは、気づいているのかい？」

「そこまではわかりません。なんにしても、おれがおみちを家に呼んで、長吉に会わせたばっかりにこんなことになっちまったわけでして、親分に申し訳なくて――」

辰造はよほど後悔しているのだろう、悔しそうに顔を歪めている。

「辰つぁん、あんたが長吉にそうなるようにけしかけたわけじゃないんだろ」

「それはそうですが……」

「それじゃ、なにもあんたが自分を責めることはないと思うが……」

「親分、これはあとでわかったことなんですが、実はおみちは訳ありの女なんです……」

　と言った。

「訳あり？　どういうことだい？」

「へえ。おみちは中川町(なかがわちょう)の糸問屋、「多賀屋(たがや)」の主、九兵衛(きゅうべえ)に囲われている女なんですよ」

「え？」

　さすがに重蔵も驚いた。が、少しすると、驚きをまるで拭き取るように顔をつるりと撫でて、

「辰つぁん、これはもしもの話だが、長吉がおたねと離縁して、そのおみちという女と一緒になることになったとしても、男と女のことだ。おれやあんたがどうのこうのといえることじゃないだろ」

　と、ため息混じりにいった。

「へえ。お互い、もうガキじゃねぇですから、おれもそうは思ったんですが、長吉と

おたね夫婦にとっちゃ仲人同然の親分に一応知らせておいたほうがいいと思いまして」

辰造は、まだ申し訳なさそうな顔をしている。

「あんた、噂に違わず義理人情に厚い男だな」

「そんなこともねぇんですが、どうもなにかこう悪いことが起きそうな気がして、胸騒ぎがしてしょうがねぇもので……」

「確かに長吉がおたねと離縁して、そのおみちって女と一緒になろうとしても、すんなり事が運ぶとは思えない。まぁ、しかし、どうなることか、様子を見るしかないだろ」

「へえ、わかりました。それじゃ、おれはこれで——」

辰造はそういって立ち上がり、重蔵の家をあとにした。

三

辰造が重蔵の家を訪ねた日の夜——墨で塗ったような闇空に、朧月（おぼろづき）が浮かんでいた。

店じまいを終えた長吉が右手に一升徳利、左手には布巾をかけた煮魚と煮〆をごっちゃに盛った大皿を持って外に出ると、遠くから木戸番屋が打ち鳴らして歩く拍子木の音が、寝静まった闇夜にこだましていた。

通りは人影もまばらで、夜気は冬のように冷たく、長吉は、ぶるっと体を震わせて足早に店からほど近い庄兵衛長屋に急いだ。

長吉が板前をしている居酒屋「みよし」は、永代橋近くの相川町から下佐賀町に続く商家が並ぶ通りの瀬戸物屋と小間物屋の間の道から路地を入ったところにある。

「みよし」は十人も入ればいっぱいになる小さな店で、肴で出すものも焼き魚や刺身、煮魚、豆腐田楽、冷や奴、漬物や煮〆といった手のかからないものばかりである。

長吉の板前としての腕がはなはだ心許なく凝った料理を作れないからだが、長吉は人に仕事を訊かれると、「板前」とはいわず自信たっぷりに「料理人」と答える。

雇われの身ではあるが、「みよし」を切り盛りしているのは自分だ、という自負と見栄っ張りな性格がそうさせるのである。

そんな長吉だが「みよし」で働くようになって、ちょうど十年になる。

長吉はそもそも十四で木場の材木問屋に奉公に出たのだが、あまりの仕事のきつさに一年も経たぬうちに音を上げて、親元に戻ってきた。

それからしばらくの間、いろんな職を転々としたものの、どれも性に合わず長く続いたためしがない。

そんなぶらぶらしている長吉を見かねた父親が馴染みにしていた「みよし」の主人、勝三に頼み込んで板前の見習いとして働くようになったのである。

しかし、その勝三も四年前に質の悪い流行り風邪をこじらせて、あっけなくこの世を去った。

勝三と女将のお染めには伊佐治というひとり息子がいたのだが、店を継ぐ気はなく放蕩三昧で、勝三が亡くなる二年前、博打にのめり込んで借金をこさえてしまい、業を煮やした勝三が勘当を言い渡し、家を出ていって以来行方知れずになっている。

息子の伊佐治と亭主の勝三を失ったお染めは、いまだ板前として腕のおぼつかない長吉を頼りにする他はなく、長吉に料理の味や残り物を持ち帰ることなどいいたい小言はたくさんあるのだが、十年一緒に働いて気心の知れた長吉に辞められては困るので、よほど目に余ることをしない限り目をつむることにしている。

そのへんのことは長吉も心得ていて、お染めがなにかいいたそうな気配を察すると、すんでのところでやめるから、これまでさして大きな揉め事になるようなことは起きていない。

「おう、おれだ。入えるぜ――」

長屋の一番とっつきの家の戸口で、長吉は中に声をかけた。魚の棒手振りの三次の家である。

戸を開けて土間に足を踏み入れると、三次ひとりがいるだけだった。

三次は、まだ女房のいないひとり者で、長吉より三つ下の二十六である。

「八助はどうしたい？　今夜店が終わったら、一緒に酒を飲むから呼んでおけといったろ」

部屋に上がり、持ってきた徳利と店で残った肴が載った大皿を三次に手渡しながら、長吉が訊いた。

「へえ。そう伝えたんでやすが、八助のやつ、頭が痛ぇから今夜は、早く休むっていってました」

三次は目を泳がせながら、用意した膳に長吉が持ってきた皿を載せて、猪口を差し出した。

「頭が痛ぇ？　そんなもん酒を飲みゃ治るさ。さっさと呼んでこい」

三次に、猪口に並々と酒を注いでもらいながら、長吉がいった。

「あ、いや、しかし――」

おどおどしながら三次がいうと、それを遮(さえぎ)るように、

「明日から、おめえから物は買わねえとおれがいってるといやぁ、すっ飛んでくるさ」

長吉は、にやりと冷ややかな笑みを浮かべて酒を一気にあおった。

「わ、わかりました。すぐに呼んできまさぁ」

三次は引きつった顔でそういうと、あわてて土間に降りて家を出ていった。

八助は三次の家の隣に住んでいて、年も一緒で青物の振り売りをしている。

（ったく、困った人だ……）

三次は胸の内でつぶやいた。

長吉のこうした酒の誘いは、ふたりにとって、はなはだ迷惑なのだ。

　ふたりとも仕事柄朝が早いから、こうも遅い時刻から長吉の酒に付き合わされては、体がもたない。しかし、そんなことを面と向かって長吉にいおうものなら、さっきのように「ああそうかい。じゃあ、明日っからおめぇたちの扱う魚も青物も買わねぇよ」といわれるのがオチなのである。

　これまでも何度となく『今夜は勘弁してください』と遠まわしにいってみたことはあるのだが、案の定、長吉に『おめえたちとの付き合いも終わりだ』と啖呵(たんか)を切られ、

三次と八助は冷や汗をかいて弁解しながら酒に付き合わされ、長吉の説教は朝方近くまで続いたのだった。

そこで三次と八助はない頭を絞って話し合い、長吉から三次の家で酒を飲もうといってきたときは交代で嘘をついて早めに寝ようと取り決めたのだが、どうやら長吉はふたりの企みもお見通しのようだ。

「八助、おめぇ、頭ぁ痛ぇんだって?」

三次が八助を連れてやってくると、長吉はすでに何杯か酒をあおっていたのだろう、目をとろんとさせていた。

「ちょっくら横になってたら、もう治まりやした。いただきやす」

長吉はすべてお見通しのようだと三次に聞かされてやってきた八助は、引きつった愛想笑いを浮かべると、押しいただくような手つきで猪口を差し出した。

「長吉兄ぃ、今夜は客の入りはどうでした?」

今夜も駄目だと腹をくくった三次は、自分で猪口に酒を注ぎながらご機嫌を伺うことにした。

「ああ、忙しくて目が回りそうだったぜ。まったく、まあ、よくもああ次から次と酒飲みがくるもんだ」

（長吉さんも、よくいうぜ。そんなに客がきたのなら、どうしてこんなに肴が売れ残るってぇんでぇ……）

三次と八助は腹の中でいつもそう思う。

が、長吉はふたりが腹の中で思っていることを見透かしたように、

「おめえたち、酒飲み相手の商売はつれぇぜ？　酔っ払いは、何かと文句をいいたくなるもんだ。それをこっちは素面で、どんな文句をいわれてもへらへら笑ってやり過ごさなきゃならねえ。そこへいくと、おめえらの商売は楽でいいよなあ。そりゃ朝早ぇのは大変だろうが、売ったらその場で金がもらえる。ところがこちとら、散々飲み食いさせてお代はあとだ。怒らせちゃ元も子もねえ」

と、聞き飽きた愚痴とも説教ともつかぬことをいいはじめた。

長吉は料理の腕はからきしなのだが、客にどんないちゃもんをつけられても、感心なことに店にいるときだけは一度も怒り出したことはなく、へらへらとやり過ごすことができるのが取り柄といえば取り柄だった。

客の顔は金と思え。文句は注文だと思え――勝三に仕込まれた中で、長吉が唯一守り、実行できていることである。

勝三が亡くなり、跡を継ぐように板前となった長吉の作る肴の味がまずくても、客

足がそれほど落ちない所以は、案外そんなところなのかもしれない。

「まったくそのとおりでやすねぇ」

「だからこうやって店じまいしたあとくれぇ、飲まなきゃやってられねえのよ。今夜だっておめえ、おれが煮たこのオコゼをしょっぺえなんて文句つけた酔っ払いがいやがった。馬鹿かってんだよ。こちとらわざとしょっぱくしてんだ。酒が進むようによ。肴で儲ける飲み屋なんてありゃしねえんだ。酒をたらふく飲ませて、はじめて利益が出るってもんよ。おい、おめえたち、試しにそれ、食ってみろ」

「へえ」

三次と八助が煮魚のオコゼに箸をつけると、ふたりがどんな顔をするのかを長吉はとろんと酔った目で、じっと見つめている。

「うん。これくれぇ味が濃くなくっちゃあ、確かに酒は進みませんよ。なあ、八?」

「おうさ、もちっとしょっぱくてもいいくらいでさあ」

三次も八助も、まったくだといわんばかりの顔をしていったが、むろん心からそう思っているわけではない。ふたりとも真逆なことを腹の中では思っている。

長吉が持ってきた煮魚のオコゼは、しょっぱくてしょうがなかった。しかし今夜は、しょっぱかったが、薄過ぎることもある。つまるところ、板前としての長吉の腕が悪いのだ。

が、そんな腹の内を少しでも顔に出そうものなら、「舌が馬鹿なおめえらとは、縁を切る」といわれるのがオチなのである。

三次も八助も、今じゃすっかり腹の内を顔に出さない術(すべ)を身につけていた。

「ははは。馬鹿野郎、いくら酒を飲ませてぇからって、これ以上しょっぺえ味つけにしたらなんの魚だかわからなくなっちまわぁ。鯖(さば)なら鯖、鰯(いわし)なら鰯、それぞれの魚の味を生かしつつ、酒が進む濃さにする、その煮込み加減が料理人の腕の見せどころよ」

すっかり調子づいてきた長吉は、胸をそらせて猪口を二人の前に差し出した。

さっと三次が徳利を手に持って注ぐ。魚料理の文句が出たときは三次が、青物の話が出たときは八助が徳利を手にして注いでやるのが、ふたりの間で暗黙の了解になっている。

「文句をいったっていうその酔っ払いは、おおかた人足野郎でしょう？　そんなやつに味なんぞわかるわけがねえ。長吉兄ぃ、そんなやつのいうことを気にすることはありませんぜ」

「八のいうとおりでさあ」

「おめえらにいわれるまでもねえ。おれは、なんにも気にしちゃいねえよ。だけどよ、わかっちゃいるが面と向かっていわれると、おれも人の子だ。腹ぁ立つぜ。だが、そこは我慢に我慢よ。おれだってなにも料理の味もわからねえ人足相手の居酒屋で、好きでへらへらしながら料理人をやってるわけじゃねえんだ。それもこれも女将さんのためよ。おれに料理の腕を仕込んでくれた親爺さんが死んじまって、息子はいまだ行方知れずだ。そんな女将さんを見捨てて、上等な客ばかりくる店から誘いがあるんで、はいさよならっていうわけにゃいかねえじゃねえか」

長吉のろれつが、怪しくなってきている。

「まだ、『吉松』からしつこく誘われてるんですかい？」

「吉松」は、富吉町の福島橋の袂に店を構える深川でも名の知れた料理屋で、以前から長吉はそこからきてくれと誘われているというのだが、三次と八助は内心本当かどうか怪しいものだと思っている。

「ああ、しつこくてしょうがねえよ。まあ、ありがてぇ話だが、断る他ねえだろなぁ」

「長吉兄ぃは男前だぁ。女将さんのことを考え、酔っ払いで味音痴の人足連中からの文句も笑って受け流す。それだけじゃない。売れ残っちまったおれたちの魚や青物も買い取ってくれる。長吉兄ぃには、おれたちはいつも感謝してるんですぜ」

　三次と八助が長吉に感謝しているというのは、半分は本心である。諸手を上げてといかないのは、売れ残りを持っていくと値引きに値引きさせられたうえに、否が応でもこうして夜遅くまで酒に付き合わされ、毎度変わらぬ愚痴を延々と聞かされたあげく、説教されるからだ。

「まあ、おめえたちにそういってもらえるのが、せめてもの救いよ……」

　長吉は目をしばたたかせ、大あくびをかいてそういうと、眠り薬を飲んだかのように突然ごろんと横になって鼾（いびき）をかきはじめた。

「根は悪い人じゃねぇんだけどなぁ……」

　三次が大きくため息をつくと、

「まぁなぁ。さ、早いとこ運んで、おれたちも寝ねぇと……」

　八助も両手を伸ばしながら背伸びして、あくびを噛み殺していった。

　ふたりは鼾をかいている長吉を抱きかかえ、両脇にそれぞれ体を入れて土間に降り、三次が腰をかがめて長吉の草履（ぞうり）を手に取って戸を開けた。

　長吉の家は、長屋の一番奥である。朧月夜の下、三次と八助は路地のどぶ板の上を引きずるようにして、ようやくの思いで長吉の家にたどりついた。

障子戸から部屋の灯りが、ほのかに見えている。長吉の女房のおたねは、長吉が帰ってくるまで、眠りにつくことはなく、いつまでも起きて待っているのだ。

「おたねさん、長吉兄ぃを連れてきましたぜ」

「はい――」

戸が開き、おたねが姿を見せた。おたねは小柄だが太っていて、肉が盛り上がった顔の中に小さく丸い目が食い込むようについている。つぶれた鼻も小さく、分厚い唇を半開きにさせていて、頭の弱そうな女であることがひと目でわかる。

「すみません。いつも――」

おたねは抑揚のない、間伸びした口調でそういうと、三次と八助から受け取った長吉を背中におぶるようにして上がり框に寝かせた。そして、黙って三次と八助に頭を下げると戸を閉めた。

「ところでよ、長吉さん、ここんとこ、おたねさんの自慢もしなくなったよな。夫婦喧嘩でもしたのかな」

自分たちの家に向かいながら、三次が小声でいうと、

「夫婦喧嘩しようにも、あのぼんやりさんとじゃ、喧嘩にならねぇだろ」

と、八助が笑いを堪えながらいった。

「ちげぇねえや。だいたい、長吉さん、おたねさんのどこがよくて女房にしたのか、おれは今も不思議でならねぇよ」

「おれもさ。夜のあっちのほうもいいとは思えねぇしな」

「あの顔と体だぜ。そもそも抱く気にならねぇだろ」

三次と八助は、小声で笑いながらそれぞれの家に戻っていった。

三次と八助のいうとおり、長吉はここのところ、おたねのことを疎ましく思うようになっている。そうなったのは一月ほど前、幼馴染のおみちと再会したからだった。

四

一月前の如月のその日は、朝から小雨が降り続き、夜になるとみぞれになって降り続いた。

長吉は客足が少なくなった頃合いを見計らって、女将のお染めに今夜はそろそろ店を上がりたいと申し出た。

お染めは嫌な顔をしたが、辰造の家にくるよう呼ばれているのだというと、しぶしぶ承知した。

嘘ではなかった。家でそろそろ店にいこうかと支度をしていたとき、辰造の使いの者だという町火消しの若い衆がやってきていったのだ。

もっとも辰造は、店をしまってからでいいといってきたのだが、長吉は久しく会っていなかったこともあって、勝手に仕事を切り上げることにしたのである。

長吉が辰造と会えるのは、決まってこうした雨降りの夜だった。辰造がゆっくり酒が飲めるのは、火事が起こりそうもない雨の夜に限られているからである。

それにしても、辰造が使いまで寄こして家に遊びにこいといってくるのは、はじめてのことだった。

(いったい、どういう風の吹き回しだろう……)

長吉は、いくら考えみても心当たりはなかった。

(まあ、おおかた、おれがしばらく顔を見せねえから気ぃ遣ったんだろう)

傘を差して足早に歩く長吉は緊張した面持ちで、木場の辰造の家を目指した。

長吉と辰造は同じ長屋で生まれ育った幼馴染だが、顔を合わせるようになったのはほんの一年ほど前からのことだ。それまで長吉は、辰造が死んだものと長いこと思い込んでいたのである。

あれは、まだ十四の長吉が木場の材木問屋に奉公に出ていたときのことだった。

初冬の風が冷たく吹くある夜、長吉や辰造たちが住んでいた長屋が火事になったのである。

長吉が奉公先から慌てて駆け付けると、自分の両親はなんとか助かったのだが、辰造の両親と兄弟たちは逃げ遅れて焼け死んだと聞き、辰造も死んだのだと思った。

ところが、一年前の冬の寒い夜、木場の商家で大きな火事があり、野次馬に混じって長吉が火事場にいくと、多くの火消しが集まってごった返す中、真っ先に纏を持って燃え盛る炎の中に突っ込んでゆく男の姿があった。

男は梯子（はしご）持ちがかけた梯子を駆け上がり、燃え上がる屋根に登って、纏を打ち立てて消し口を取った。見ていた大勢の野次馬たちは、その男の雄姿を見てやんややんやの歓声をあげた。むろん、長吉も男のその姿を見て胸が高鳴った。

が、炎の明かりで男の顔がはっきりと見えたとき、長吉は目を疑い、驚きと興奮で体がぶるぶる震えた。消し口を取って纏を振るっていた男は、死んだと思い込んでいた辰造だったのである。

後日一杯飲み屋で落ち合い、再会を祝って酒を飲んだとき辰造はいった。

「おれは親や兄弟の命を奪った火事が憎い。そんな目に遭うのは、おれひとりでたくさんだ。そう思って、おれは火消しになろうと決めたんだ」

あの長屋の火事でひとり生き残った辰造は、一時親戚に引き取られたのだが、しばらくすると、深川本所南組壱組の頭領のもとにいって奉公を願い出たという。

「火事は怖ぇ。火を見ると恐ろしくなる。だがよ、親兄弟の仇だ。負けてなるかと踏ん張るんだ。運悪く焼け死んだところで、親兄弟のところにいくまでだ。そう自分に発破をかけてな」

南組壱組に奉公に入った辰造は、めきめきと頭角を現し、平人足から梯子持ち、そして纏持ちを任されるようになったのだった。

そして長吉と同じ年の二十九になった今、頭領のひとり娘を女房にして、四歳になる息子と二歳の娘をもうけて木場の表店に住んでいる。

辰造はそう遠くない日に、義父の跡を継いで頭になるだろう。長身でがっしりとした体に刺し子半纏を身に纏い、若い衆に囲まれて大道の真ん中を先頭切って歩く粋で鯔背な男前の辰造の姿を、これまで何度か長吉は見かけている。

そんな辰造に、長吉は憧れを抱くようになった。男が男に惚れるとは、こういうことをいうのだろう、辰造が幼馴染だということがたとえようもない誇りに思えてきて、誰彼となく会えば、辰造のことを自慢して歩くようになった。

そして、辰造の家に暇を見つけては押し掛けるように通った。もっと親しくなりたかったのである。そんな長吉を辰造夫婦は、嫌な顔ひとつせず、いつも温かく迎えた。

だが、そんな楽しい思いも日を追うごとに、微妙に変化していった。

(同じ年に長屋に生まれ、同じ男として育ったというのに、どうして何もかもがこうも自分と辰造は違うんだ……)

長吉はそんな嫉妬にも似た、どうしようもない想いに苛(さいな)まれるようになっていったのである。

辰造には会いたい。しかし、会えば自分が惨めな気持ちになってしまう——辰造と再会して半年を過ぎるころになると、長吉は辰造の家にいくことも自慢することも少なくなり、飲む酒の量が増えていった。

そして、酔うと誰かに当たりたくなった。誰かに男として認めて欲しくなった。頭の弱い女房のおたねでは、それは癒されなかった。若い衆を従えて歩く辰造のように、自分も振る舞いたいと強く思うようになった。だが、長吉の周りには、そんな都合のいい男たちはいない——そんな中、目をつけられたのが自分より年下で立場の弱い同じ長屋に住む三次と八助だったというわけである。

辰造の家に着いて居間に通されると、

「おれのほうから声かけて、わざわざ家にきてもらうなんて申し訳なかったな。こっちはもっと遅い時刻でもよかったんだが、店のほうは平気なのかい」

辰造はいつもと変わらぬほがらかな笑顔を見せて、銚子を長吉に向けた。

「なぁに、雨降ってるんだ。こんな夜は客が少ねぇし、女将さんひとりで大丈夫だ」

長吉は盃を口に運びながらいった。

久しぶりに見る辰造だったが、相変わらずいい男だと長吉は思う。辰造は優男というのではなく、彫りの深いどちらかといえばいかつい顔立ちをしていて、それがかえって火消しらしい男っぽい雰囲気を漂わせている。そのうえ誰もが一目も二目も置く纏持ちという立場にいるのだが、偉ぶるところがないどころか気を遣ってくれる。しかし、そんな辰造の気遣いが、長吉は下に見られていると思ってしまうようになっていた。

再会してから、あれほど辰造の家に通い詰めた長吉が、足を向けるのを止めてから、もう二月になるだろうか。

ある夜、こうして酒を御馳走になって酔いが回った長吉は、「店の客は人足連中ばかりだ。そんなやつらに自分の料理にいちゃもんをつけられるのは我慢がならない」と、日ごろのうっぷんを辰造にはじめてぶちまけたことがあった。それを黙って聞いていた辰造はいった。

「なあ、長吉、気を悪くされちゃ困るんだが、そこの『吉松』で働いてみねぇか。店の主と懇意にしててな。おまえさんにその気があるのなら、いつでも口利くぜ」

長吉は驚いた。「吉松」といえば、深川で板前をしている者なら知らぬ者がいないほどの名の知れた高級料理屋で、腕のいい板前を五、六人使っている。そこで働けるとなれば願ってもないことだ。

だが、長吉の腕では、たとえ辰造の口利きで雇ってもらえても、一番下っ端の使い走りからはじめることになるだろう。若いときなら飛び上がって喜ぶところだが、もうじき三十路を迎える長吉にはそれは耐え難いことだった。

「辰つぁんよ、そりゃあ気を悪くするなってぇほうが無理だぜ。安居酒屋といっても、おれは店を任されてる。おれの料理でなきゃ酒を飲む気がしねえといってくれる馴染の客も、うんといるんだ。それになにより、親爺さんを亡くした女将さんを見捨てて、よその店にいくなんて、そんな恩を仇で返すようなことなんか、できるわけがねえじゃねえか」

いいながら、長吉はひどく惨めな気持ちになっていた。

辰造は自分をやはり下に見ているのだ――そう思うと、涙が出てきそうになるほど悔しかった。つい愚痴を口走ってしまった自分がいけないことはわかっている。だが、そんな胸の内をぐっと我慢して働いている自分を褒めて欲しかった。それが男だと、辰造にいって欲しかった。

ところが、情けをかけられ、『おまえは駄目なやつだ』といわれた気がしたのである。

そのあと辰造に何をいい、どんな態度を取ったのか長吉はまるっきり覚えていない。気がつくと、家で目を覚ました。おそらく辰造が駕籠を呼んで、家まで運ばせたのだろう。

そんなことがあってから長吉は、ぷっつりと辰造の家に寄りつかなくなったのだった。

五

「おい、長吉、酒が進んでねぇじゃねえか。いってぇどうしたい？」

辰造の声で、長吉は我に返った。辰造が銚子を差し伸べたが、空になっているようで、辰造は銚子を振りながら「おーい」と、女房のお園を呼んだ。

「はーい。ただいま」

奥のほうからお園の声がすると、すぐに肴と燗をした銚子を載せた膳を運んできた。

「遅くなってすみません。やっと子供たちが眠ったところで――こんなものしかなくて、料理人の長吉さんにお出しするのは恥ずかしいのだけれど、食べてやってくださいな」

お園はしっとりとした物腰で長吉の前に膳を置いて、いった。

膳には、今が旬のスズキの刺身が長皿に盛られ、その横に早春の風物詩のひとつである白魚が二杯酢の中でぴちぴちと動きまわっている小鉢、里芋の煮ものとおから、漬物がそれぞれ別々に入れられた小皿が載っている。

「なにをおっしゃいます。こりゃあ、うまそうだ」

お園は長吉を板前ではなく、ちゃんと「料理人」と呼ぶことを忘れない。

以前はそれがうれしかったものだが、今ではお園にも馬鹿にされているような気さえする。

差し出された料理にさっそく箸をつけると、どれもうまかった。辰造もお園も長吉の店にきたことはないし、ふたりに腕を振るったことはないのだが、これ見よがしのような気がした。

「さ、おひとつどうぞ」

そんな長吉の屈折した胸の内など知る由もないお園は、笑顔を浮かべながらすべすべとした滑らかな細い指で銚子を持って酒を勧めた。

「こいつはどうも――」

お園の肌は透けるように白く、細いが黒目がちの目で、唇はきりっと結んだように小さく、頬から顎にかけて、すっきりと痩せた小顔である。体も胴はくっきりとくびれ、豊かに盛り上がった胸が着物の上からでもわかる。

長吉は盃を受けながら、辰造とお園を密かに見比べながら、つくづく似合いの夫婦だとうらやましく思う。

（お園さんに比べ、うちのおたねときたら……）

長吉は、ますますみじめな気持ちになっていった。

「遅ぇなあ……」

酒を飲み、辰造がつぶやくようにいった。

「遅いって、だれかくるのかい」

長吉は、お園が注いでくれた盃を口元で止めて辰造の顔を見た。

「ああ、まあな――」

と、いったとき、玄関の開く音がして、

「ごめんください」

と、おとなう女の声が聞こえてきた。

「お、きたきた。やっときたぜ」

辰造がうきうきした声でいうと、

「はーい」

お園がにこにこしながら立って、玄関に向かった。

しばらくすると、お園よりも頭ひとつ背が高く、藍染め（あいぞめ）の着物に少し崩した黒繻子（くろじゅす）の帯を締めた、しんなりとした体つきの美しい女がお園のあとについて入ってきた。

「長吉、だれだかわかるかい」

長吉は口を開けて女を仰ぎ見ていたが、まるでだれだかわからない。

「みちです。長吉さん、お久しぶり――」

女はそういうと、ふわりと長吉の隣に腰を落として膳にある銚子を取り上げた。

「みちって――あの、おみっちゃんかい？」

長吉は、後ろ手を畳につけると体を斜めにのけぞるようにして、間抜けな顔で横に座った女をまじまじと見た。襟（えり）の抜き方が大きく、髷（まげ）の結い方や化粧の濃さからも堅気の女でないことはひと目でわかるが、それにしても思わず、じっと見つめてしまうほどあだっぽい。

「はい」

遠い記憶を探りながら女の顔を見ていると、確かに同じ長屋にいた幼いころのおみちの面影が浮かんできた。

「どうだい。驚いたろ。三日ほど前、門前仲町でばったり会ったのよ。おれも声をかけられてもさっぱりわからなくてな。名を聞いて、ようやく思い出したんだ。無理もねえよなあ。あの泣き虫おみっちゃんが、こんなべっぴんさんになってるんだからよ」

そうだった――おみちは、長屋の悪ガキどもにからかわれてよく泣いていた。

その悪ガキたちを追い払ってくれたのは、いつも辰造で、長吉は泣いているおみちをなだめすかす役割だった。

そのおみちも一緒に住んでいた長屋が火事になって、行方知れずになっていたのである。

「あら。辰造さんたら、お上手だこと」

おみちは、口に手をやってうれしそうに笑っている。

「おみちさん、うちの人はお世辞なんていえる人じゃありませんよ。ささ、おみちさんもいける口なんでしょ」

お園がもうひとつ膳を運んできて、おみちの前に置くと辰造の隣に座って、おみちに銚子を差し向けた。

「すみません、じゃ、遠慮なく――」

盃に両手を添え目をつむって口に運ぶその様を、長吉は呆けた顔で見つめている。口に含んだ酒が、おみちのほっそりとした白い喉をかすかな音を立てて通り過ぎてゆく。

飲み干すと、おみちはちらりと長吉に艶っぽい流し目をくれた。

長吉の胸は妙に高鳴った。

「おいおい、長吉、さっきからおみっちゃんに見とれてばかりで、ちっとも酒が進んでねえじゃねえか。さあ、飲めよ。今夜は、昔を懐かしんでおおいにやろうぜ」

「そうよ。今夜はとっても楽しみにしていたんだから。さぁ、長吉さん、飲んで？」

おみちが慣れた手つきで酒を勧める。

「ああ、すまねえ」

「長吉さん、料理人なんですって？」

注ぎながら、おみちが訊いた。

「ああ、まあな――」

「相川町でお店を任されているのよ」

お園が辰造に酒を注ぎながら、口を添えた。

「今度寄らせてもらっていいかしら」

「いやぁ、おみっちゃんみてぇな人が、ひとりでくるような店じゃねえよ。ところで、おみっちゃんは、どこに住んでるんだい？」

「下ノ橋近くの佐賀町よ」

「おみっちゃんは、常磐津のお師匠さんをやっててな。ひとり身で、このべっぴんぶりだ。商家の旦那衆が鼻の下を長くして習いにきているらしいぜ」

辰造はそういって刺身を口に入れ、笑っている。

「やめてよ、辰造さん。長吉さんがへんに思うじゃないの。女の人のお弟子さんもいるんだから――ところで、長吉さんの、おかみさんてどんな人？」

おみちが小首を傾げて長吉の顔を見つめて訊いた。

「なぁに、口うるさくねぇだけが取り柄の女さ」

長吉がぶっきらぼうにいうと、

「あら。そんなこといって。惚れ込んでるくせに。辰造さんから聞いてるんだから」

おみちは、おかしそうに笑っている。

「辰つぁん、おみっちゃんに、なにをいったんだよ」

長吉は戸惑った顔を見せている。

「なにって、おまえさんの口癖さ。おれには、過ぎた女房だ。あんないい女房はいねえ――おまえは酔うとそればっかじゃねえか」

「そうそう。あたし、うらやましくてしょうがないわ。うちの人なんて、そんなことただの一遍もいったことないんだから」

お園が、辰造を軽く睨んでいった。

「こいつぁ、長吉のおかげで、とんだとばっちり食っちまったぜ」

辰造が声をあげて笑うと、お園もつられて笑い、長吉は引きつった苦笑いを浮かべた。

と、おみちが、下を向いてぽつりといった。

「辰造さんも長吉さんも、いい所帯を持って幸せそうで、うらやましいわ……」

長吉は、おみちの物悲しい横顔を見て胸を突かれる思いがした。

おみちほどの小股の切れ上がった女が、ひとり身でいるのには、なにか人にいえない訳があるに違いない。

どこぞの金持ちに囲われているのだろうか？——そんなことを思っていると、長吉はいつもより飲んでいないのに、急に酔いが回ってきて軽い目まいを覚えたのだった。

六

辰造の家で、おみちと再会した夜から半月が経っていた。

長吉は、穏やかな昼下がりの日差しが降り注いでいるおみちの家の縁側で、おみちの膝枕の上でうたたねしていた。

「長吉さん、そろそろお店にいく時刻よ」

おみちの甘く囁く声が、長吉の耳をくすぐった。

「おお、そうかい。そいつはいけねえ……」

長吉はあくびをしながら体を起こし、胡坐をかいたまま両腕を上げて背伸びした。

おみちの家の庭にある花木は満開で、そよぐ風に揺れて花びらをはらはらと散らせている。

ぼーっと花木を見ている長吉の肩に、おみちが顔を寄せてきた。香しい化粧の匂いが長吉の鼻腔に広がった。とうに鎮まっていたはずの欲望に、ちろちろと火がついてきた。

長吉は左肩にそっと寄せているおみちの顔に右手を回して、持ち上げるようにして見つめた。おみちも長吉が欲情していることを察したようで、潤んだ目で長吉の顔をじっと見つめ返している。

長吉が首を傾げるようにして、口をおみちの口に近づけると、おみちは目をつむって受けた。

（まったく、夢を見ているようだぜ……）

長吉はおみちとひとつに溶け合うようにして口を吸い、舌をからませ合いながら、辰造の家で再会した夜のことを思い出していた。

あの夜、お開きになって辰造が呼んだ駕籠が着いたとき、おみちは辰造が気づかぬように隣に立っていた長吉の耳元で「一度、家に遊びにきて」と囁いたのである。

長吉は耳を疑い、酔った頭ですでに駕籠に乗り込んだおみちを見つめた。目が合うと、おみちは、妖艶な微笑み(ほほえ)を浮かべて小さく頷いた。

「きっとよ」――おみちの目が、そういっていた。長吉が胸の高鳴りを覚えながら力強く頷き返すと、おみちはほっとしたような顔をして、駕籠を走らせていった。

翌日、長吉は気もそぞろに昼飯をおたねと一緒に搔きこむようにして食うと、すぐに佐賀町に向かった。飲んだ席での話の端々から、おみちがどのあたりに住んでいるのかだいたいの見当はついていた。

油堀にかかる下ノ橋を渡って、佐賀町通りを右に曲がると、佐賀稲荷神社に続く細い路地があり、その奥におみちの家はあった。

おみちの家は、板塀に囲まれた小さなしもた屋で、いかにも囲われ者が住むような家だった。

長吉は訪ねる勇気が出ず、その日はそのまま引き返した。そんな行きつ戻りつしながら二日経ち、どうしたものかと下ノ橋の袂でぼんやり川面を見ていると、「長吉さん？」と背中越しに声をかけられた。振り向くとおみちが立っていた。

長吉は誘われるままに、狭い庭を通っておみちの家に上がった。

「どうしてすぐにきてくれなかったの」

居間に通されて落ち着かない気持ちでいると、奥の台所からおみちが昼間だというのに銚子と盃を載せたお盆を持ってきて向かいに座っていった。

「いろいろと忙しくってな——」

長吉は曖昧な笑いを浮かべて盃を受けていった。

「そう思っていたんでしょ」

「うそ……」

おみちは軽く睨むようにして小さくいうと、

「どうせあいつはどこぞの囲われ者に違いない。厄介なことになったら面倒だ。そう思っていたんでしょ」

うなじのほつれ毛を手で直しながらいうおみちのその顔は、物悲しさをたたえていた。

『辰造さんも長吉さんも、いい所帯を持って幸せそうで、うらやましいわ』

あの夜いったときと、同じ憂いを秘めている。

「そんなこと思っちゃいねえ。思っちゃいねえが――ほんとのところは、どうなんだい」

長吉の声はかすれていた。

「あたしね、あたし、子供のころ、長吉さんのお嫁になりたいって、ずっと思っていたのよ」

飲み干した盃に、おみちが注ぎながらいった。

（まさかぁ……）

長吉はなにも答えず、ただ薄ら笑いを浮かべていた。

おみちは、そんな長吉の胸の内を見透かしたように、

「本当よ。そりゃあ、辰造さんはあたしがいじめられてるのを見ると、やっつけてくれて頼もしいって思っていたけど、あたしには目もくれなかったもの。そこいくと、長吉さんは、泣き虫のあたしを泣きやむまでなだめてくれて――あたし、甘えん坊だったから、そうやって優しくかまってくれる人がいいの。だから、あたし、長吉さんのお嫁さんがいいって、ずっと思いつづけてた……」

そういうと、おみちはすぅっと立ち上がった。

そして、長吉のそばに寄ってくると、体をぶつけるようにしてしなだれかかってきた。

持っていた盃が畳に落ちたのをそのままにして、長吉は胸の中にあるおみちの顔を見つめた。

おみちの潤んだ目を見つめていると、長吉の中でむらむらと激しい欲望が膨らんできて、どうにも抑えが利かなくなった。

長吉はおみちの口を荒々しく吸い、着物の中の胸に手を差し入れた。

「ここじゃ、恥ずかしいわ。あっちの部屋へ……」

おみちは、なごり惜しそうに長吉から体を離すと、鼻にかかった甘えた声でそうい

って立ち上がり、乱れた帯に手をかけながら隣の部屋にいった。

長吉は操(あやつ)られた人形のように、おみちのあとを追った。

窓障子から春の日差しが薄く入っているほんのりと明るい部屋に入ると、すでに夜具が敷かれていた。

おみちは、この日がくるのを待ちわびていたのだ、と思うと、長吉の胸の鼓動が音を立てて激しくなった。

おみちは、夜具の横で長吉に背を向けながら帯を解いて着物を脱ぐと、湯文字(ゆもじ)姿になって夜具の中に体を滑らせるように入った。

おみちのほどよく肉づきのいい真っ白な上半身、細くくびれた胴の下の湯文字から透けて見えた豊かに盛り上がった尻が長吉の欲望をさらにそそった。

長吉はもどかしい思いで息遣いを荒くして帯を解いて着物を脱ぎ、夜具の中にいるおみちの体の上に覆いかぶさるようにして入ると、おみちの顔の両側に手を突き立てて見つめた。

おみちは、潤んだ目をつむると、口を突き出すような仕草をした。

長吉は、ゆっくりと顔を近づけ、おみちの柔らかい口を吸いながら、こんもりとして手に吸いつくような肉づきのいい乳房を揉みしだいた。おみちは鼻息を荒くさせながら、足を絡ませてくる。長吉が腰紐を解くと、陰毛が太ももの内側に当たり、濃く生え茂っているのがわかった。右手で乳房を揉みしだきながら、長吉はゆっくりと首すじを舐めながら、左の乳房の乳首へと舌を這わせてゆく。おみちは体を小刻みに震わせ、はあはあという荒い息をしながら、乳首を軽く噛まれるたびに「あぁ」と艶めかしい呻き声をあげて、裸体を弓なりにしならせる。

「早くぅ……」

おみちが、蚊の鳴くような鼻声でいう。長吉は、無言で答えず、じらすように愛撫を重ねた。

「意地悪ぅ……おねがい……」

おみちは泣き声のような声でいい、長吉のいきり立って熱くなっている肉棒に手を添えて、股を開いてその奥にある自分の秘部に導こうとした。その手慣れた仕草に長吉は、カッと怒りにも似た感情が湧き立って、肉棒に添えられたおみちの手を邪険に払い、執拗に愛撫をつづけた。

おみちは、長吉の愛撫に鋭く反応を返し、惜し気もなく真っ白な肌を晒しながら、豊満な肉体をくねらせて長吉が自分の中に入ってくるのを待っている。

ようやく長吉が、おみちの十分に濡れそぼって生温かくなっている花弁の中に肉棒を突き入れると、おみちは一瞬、口を半開きにして顔を歪ませたが、すぐに陶酔した顔になって喘ぎはじめた。

　そして、長吉の背中に爪を立てる仕草を繰り返しては、長吉の動作に呼応して腰を動かし、やがて体をさざ波のように痙攣させながら、あられもない悲鳴に近い声をあげて昇りつめていった。

　ふたりが肌を離すまで、半刻ほどかかったろうか。えもいわれぬ悦楽を味わい尽くした長吉が、荒い息をしながらおみちの隣に横たわると、おみちは上気した顔をして、しっとり汗ばんだ肌を寄せてきた。

「どうしよう。あたし、もう長吉さんから離れられない……」

　おみちは、耳たぶに息を吐きかけていった。

「まだ、答えてもらってないぜ」

　長吉は突き放すようにいった。

「え？」

　おみちは、びくっとして長吉から少し体を離して、長吉の横顔を見つめた。

「だからその——おみっちゃんは、だれその……」

　おみちの視線を感じながら、長吉は天井を睨みつけたままいって口をつぐんだ。

おみちは、小さなため息をつくと、

「あの火事がそうさせたようなものよ……」

と、弱々しい声でいった。

長吉や辰造たちと一緒に住んでいた長屋の火事で、おみちは母親を失っていた。

おみちの父親は、佐賀町の隣、中川町の田中橋(たなかばし)近くにある「多賀屋」という糸問屋の手代だったのだが、女房を失うと人が変わったようになり、酒と博打に手を出すようになったという。

そしてあるとき、店の金に手をつけた。それが発覚し、父親は店を辞めさせられることになったのだが、店の主の九兵衛は首になりたくなければ、娘を妾(めかけ)にさせろといったのだという。

「あたしが十八のときよ。おとっつぁん、泣きながら土下座(どげざ)してあたしに頼んだの。そのおとっつぁんも二年前に死んで――」

「そうだったのかい……」

長吉は、おみちを責める気など毛頭ない。そんな資格がないことも承知している。

「長吉さん、こんなあたしを汚い女だと思う？」

おみちは、長吉の胸に手を置いて怯えているような震え声を出して訊いた。

「そんなことはねえよ。そんなことはねえけど、おれとはこれっきりにしねえと……」

長吉は、天井を睨んだままいった。

「いやっ」

おみちは、半身を起こすと、豊満な乳房を見せたまま、上から長吉を睨みつけた。その目には悲しみがこもっていた。

「しかし、こんなこと知れたら――」

長吉は、思わずうろたえ声を出した。

「そのときはそのときだわ。あたしは、もうあんな年寄りに体を触られるのは、うんざりしてるんだから」

子供のころのおみちは泣き虫で、体も細く小さかった。だが、大人の女になった今、男を放っておかないほどの美貌と色気を備えているばかりでなく、欲情を掻き立てる豊満な肉体と気の強さを持ち合わせていることに、長吉は改めて驚いていた。

「わかったよ。おれだって、これっきりになんかしたくはねえよ、おみっちゃん」

長吉は天井から横にいるおみちの顔に目を移していった。

「いや、そんな呼ばれかた。みちって呼んで」

おみちは、また長吉に火照(ほて)った体を寄せてきた。果てたばかりの長吉だったが、またぞろ欲情が膨らみ、ふたりは日が陰(かげ)るまで獣のように激しく互いの体を貪(むさぼ)り合ったのだった。

七

それから、あっという間に一月(ひと)が過ぎた——。

長吉はおみちと結ばれた日から、一日と置かずおみちのもとに通っている。

常磐津を習う旦那衆がくるのは午後からだから、朝のうちにおみちの家にくれば、だれにも邪魔されず抱くことができるのである。

早起きになった長吉は、それまで毎日のように店じまいしたあと、長屋の三次の家にいって八助たちと酒を飲んでいたのだが、おみちと深い関係になってからはめっきり少なくなった。

仕込みなど午前中に用事ができておみちの家にいけなくなったときは、店を閉めた後に訪ねるのだが、「多賀屋」の主がくることになったときは、おみちが庭の物干し竿に手拭いをかけて置くことになっている。

物干しに手拭いがある夜は、長屋に戻って三次と八助を無理やり誘って酒に付き合わせるのだが、長吉は酒が入ると悪酔いするようになった。今ごろ、「多賀屋」の主におみちのあの豊満な体が弄(もてあそ)ばれているのかと思うと、悋気(りんき)が湧き起こっておかしくなりそうになるのである。

おみちと結ばれてから、長吉は何食わぬ顔で「多賀屋」の主・九兵衛の姿を見にいったことがある。

九兵衛は背が低く、痩せた五十半ばの男で、どこか狐(きつね)を思わせる顔つきをしていた。

（あのくそ爺(じじい)っ……）

はじめて九兵衛の顔を見たとき、長吉は狂おしい悋気を覚えて目がくらむほどだった。

九兵衛がおみちの家に泊まった翌朝、二日酔いのままおみちの家に出向いた長吉は、いつもよりおみちの体をいっそう激しく責め立てた。

が、おみちは甘えた声で許しを乞いながら、長吉のどんな淫らな求めにも少しのためらいもなく応じ、いつにも増して奔放に乱れて歓喜の声をあげて昇りつめていくのだった。

そんな淫靡(いんび)な欲望を満たした日は、おみちは酒と肴を用意してくれ、三味線(しゃみせん)を奏でて唄を聞かせてもくれる。

おみちの艶のある美しい常磐津は、けだるい疲れを陶然とした心地よさに変え、長吉は知らぬ間にまどろんでゆくのだった。

長吉は、骨の髄までおみちに溺れている。長吉のその愉悦は、肉欲を満たしてくれる女を得たということだけではなかった。辰造の女房のお園と引けを取らぬ美貌のおみちが辰造ではなく、自分を選んでくれたということが、なによりもうれしかったのである。

辰造に勝った――おみちを抱き終えて家を出ると、長吉はいつもそんな感慨を胸に秘めて湯屋に向かう。女房のおたねに気づかれないように、おみちの化粧の匂いを消すためだが、ぼんやりのおたねは毛ほども気づく様子はなかった。

おみちの家に通いはじめたころは、後ろめたさを感じてはいたものの、今や長吉は、おたねに気づかれたら気づかれたまでのことよ、出ていってくれたなら、それはそれで願ったり叶ったりだと、開き直った気持ちでいるのだった。

八

寒の戻りもおさまり、ようやく春らしい陽気になった日のことである。

「おう、長吉、どっからの帰りだ」

店まであと少しというところで、聞き覚えのある声に呼び止められた。

振り返ると、そこに立っていたのは重蔵だった。おみちの家からの帰りということもあって、長吉はどきりとした。

「へ、へい。ちょいと野暮用で——重蔵親分は？」

重蔵は、見慣れぬ他所（よそ）行きの格好をしている。

「葬式の帰りでな。辛気臭ぇ気分なもんで、どこかで一杯、引っかけようと思ってたとこだった。おまえさんのところで、ちょっと飲ませてもらっていいかい」

「もちろんでさあ。これから仕込みなもんで、ろくな肴は出せませんが——」

「肴なんて、清めの塩を振ってもらったその余りを舐めさせてもらえれば、それでいい」

「そうですかい。それなら——ささ、どうぞ」

長吉は重蔵を伴って店にいくと、表で重蔵を待たせて裏口から店に入り、板場から塩を持って入口の戸を開けて、重蔵の体に軽く塩を振った。

女将のお染めは、二階に住んでいるのだが、まだ店を開けるには少し早い時刻でどこかへ出かけているのだろう、物音ひとつしなかった。

「どうぞ――」

長吉は板場の目の前のつけ台にいる重蔵に、飲み口に塩を小さく盛った枡酒(ますざけ)を出した。

「お、ありがとよ――」

重蔵は塩をちょっと舐め、枡酒をきゅっとあおると、

「どうだい。店は繁盛してるかい」

と、訊いた。

「まああってとこですかねえ」

手を動かしながら長吉は答えた。

「そうかい。おたねはどうしてる」

重蔵は、辰造から聞いたことをまるで忘れたかのようにさりげなく訊いた。

「へ、へえ――相変わらず、ぼんやりしてまさあ」

　長吉は思わず手を止めて、愛想笑いを浮かべた。

「おまえたち、所帯を持って、そろそろ四年になるだろ。まだ子供はできないのかい」

　長吉は、なにか探られているような気がしてきた。

「へえ」

「ふーん、そうかい……」

　重蔵にじっと見つめられると、長吉はどぎまぎしてしまう。

「ところで、親分、葬式の帰りって、いってぇどちらの」

　さっきまでおみちの家にいた長吉である。所帯を持つときに世話になった重蔵におたねのことを訊かれるのは、どうにも落ち着かない。長吉は話題をなんとか変えたかった。

「ああ、八丁堀(はっちょうぼり)の高田左馬ノ助(たかださまのすけ)っていう旦那が殺されたんだ」

　枡酒をあおった重蔵は、苦(にが)い顔をしながらいった。

「そりゃまたどうして？」

　話に乗ってきてくれた重蔵の様子を見て、長吉は安堵した。

「上野(うえの)界隈に出没していた辻斬(つじぎ)りをやっと追い詰めたのに、逆にばっさり殺(や)られちまったんだそうだ。高田の旦那は滅法、やっとうの腕が立つお人だと聞いていたから、おれだけじゃなく、八丁堀の旦那たちもみんな驚いていたんだが、葬式にいってようやく謎が解けた」

「どういうことです？」

「刀さ」

「へ？」

「高田の旦那は、それまで身につけていた刀から天下の名刀といわれるひとつ、村正(むらまさ)という刀を手に入れて、それを抜いて辻斬りと斬り結んだそうだ」

「へい……」

長吉には重蔵の話がまったく見えない。

「つまり、使い慣れていなかった刀を使ったのが仇になったってことさ」

「はあ」

「村正は名刀といわれるだけあって、その刃文(じんもん)の美しさは惚れ惚れするらしい。手に持つとずっしりと重くて、丸太を斬っても刃こぼれひとつしないそうだ。しかし、名刀なんてものは殿様や大名が持つもので、とてもじゃないが三十俵二人扶持の同心が使いこなせる代物じゃないそうだ。ま、身の丈に合ったものを持たないと、身を滅ぼすってことだ」

　そういうと、残っている枡酒をぐいっとひと息に飲み干して立ち上がり、小銭を飯台に置いた重蔵は、

「じゃ、また寄らせてもらうよ。おたねによろしくな」

　といって店を出ていった。

　長吉の背中にひやりとしたものが走っていた。重蔵のさっきの名刀の話が、自分に向かっていっている気がしたのである。

（まさか、親分、おれがおみちのところに通っているのを知って、あんなことをいったんじゃあ……）

　長吉はそんなことをふと思ったが、すぐにかぶりを振って、仕込みを急いだ。

　女将のお染めが表戸から帰ってきたのは、ちょうど仕込みを終えて、そろそろ店を開けようと、入口の飯台に置いている縄のれんを手にしたときである。

　お染めのうしろには、もうひとり見覚えのある男が立っていた。

「長吉、久しぶりだな」

　お染めの息子の伊佐治だった。

「伊佐治さん……」

長吉は凝然と立ち尽くした。

「おふくろの面倒、見てくれてありがとよ」

伊佐治は、以前のような崩れた感じはなかった。

伊佐治が父親の勝三に勘当を食らって行方知れずになってから、かれこれ六年になる。

長吉が「みよし」で働くことになったときには、すでに家を出ていたが、顔は知っていた。やくざ者と付き合っていた二つ年上の伊佐治は、長吉にとって不気味な怖い存在だった。

「この親不孝もんが、ひょっこり帰ってきちまったんだよ。今日から店で働いてもらうことになったから、こき使ってやっておくれ」

お染めは困った顔を作っていったが、その目にはうれしさを隠しきれない安堵の色が宿っていた。

「長吉、よろしく頼まぁ――」

伊佐治は、軽く微笑むように口の端を上げていった。

九

長吉にとって思ってもみなかった変事が起きたのは、伊佐治が店で働きはじめて一月ほど経った卯月十六日のことだった。

その日の朝、「多賀屋」の主、九兵衛が佐賀稲荷神社の境内で死んでいるのを、お参りにきた近くの長屋に住む大工の女房が見つけ、番屋に駆け込んだのである。

佐賀町の自身番の番人から知らせを受けた重蔵は、定吉に同心の千坂京之介を呼びにいかせ、自分はすぐに佐賀稲荷神社に向かった。

亡骸の身元がすぐに「多賀屋」の主である九兵衛だとわかったのは、昨夜遅くに「多賀屋」の番頭が、「町木戸が閉まる前に帰ってくるはずの旦那様が、まだ帰ってこない」と自身番屋に届けを出していたからだった。

重蔵が駆けつけると、神社の周辺に野次馬が群がっており、亡骸に近づかないように自身番屋の番人たちが立ちはだかっていた。

「ご苦労さん」

野次馬をかき分けるようにして重蔵が番人の前に出ていくと、

「あ、親分、ご苦労さまです。あちらです」

若い番人が亡骸があるほうを手で指した。

番人が指したほうへ歩いていくと、どこか狐を思わせる顔をした九兵衛が路地の通りから見えない佐賀稲荷神社の鳥居の裏側で、口と目をカッと開いて仰向けになって倒れていた。亡骸の近くに、灯を入れた跡のない『多賀屋』と書かれた提灯が落ちている。

重蔵は亡骸を調べた。一見、どこにも異常は見られなかったので、亡骸をひっくり返してみた。すると、背中の右あたりの羽織がどす黒く変色しており、刺し傷が見つかった。背後から肝ノ臓を一突きして殺したようだ。そして、刺し傷の幅と深さから凶器は、いわゆる〝九寸五分〟と呼ばれる匕首によるものだと重蔵は見当をつけた。

肝ノ臓は深く刺されても血が噴き出すことなく体内に血が溜まって息絶えるから、下手人は返り血を浴びるということもなければ、辺りに血の痕もわずかしか残らない。しかもまだ提灯の灯りが要らない時刻に命を奪うには、人の往来がないのを境内から窺っていて、九兵衛がきたところですっと背後から現れ、九兵衛の口をふさぎながら肝ノ臓を一突きで息の根を止め、人目につかないように鳥居の裏まで亡骸を引きずったのだろう。それだけのことをあっという間にやってのけた下手人は、かなりの手練れであることは明らかだった。

さらに重蔵は、亡骸に触れて体の強張りと血の固まり具合を確かめ、使われた跡のない提灯があることなどから、殺されたのは昨夜の宵の口だろうと見立てた。

そして亡骸を見つめていると不意に、

『どうもなにかこう悪いことが起きそうな気がして、胸騒ぎがしてしょうがねぇもので……』

一月ほど前、長吉のことで聞いてもらいたいことがあるといって、重蔵の家を訪ねてきた辰造の言葉が脳裏に蘇ってきた。

長吉は、九兵衛が囲っているおみちという女と深い関係になっていると辰造はいった。その九兵衛が、こうしてなに者かの手によって殺されたのである。しかも、この場所はおみちという女が住む家のすぐ近くなのだ。

（この鮮やかといいたくなるほどの殺しの手口から見て、腕の悪い板前の長吉が殺ったとは思えない。かといって、長吉とまったく関わりのない事件かとなると、そうはいいきれない気がしてならない……）

重蔵は、九兵衛の懐を探ってみた。紙入れの類はなかった。おそらく下手人が盗んだのだろう。

持ち金を奪い取る目的で殺られたのだろうか——下手人につながる手掛かりになるものはなにかないか、重蔵は亡骸から離れて辺りを見回しながら歩いた。

すると、鳥居の反対側の道端に落ちていた白い布が風に吹かれてふわふわと宙に舞い、柳の木にひっつくように巻きつくのが見えた。

重蔵が近づいていって手に取ってみると、それは洗いざらしの手拭いだった。

そして、何気なく陽に透かすようにして見たとたん、

（これはっ……）

思わず絶句した。その白い手拭いの真ん中に、うっすらと『みよし』と読めるひらがなが染められていたのである。

『この手拭いは、親爺さんが店を開くときに祝いで作ったもので、親爺さんがいつも首にかけていたものなんです。その親爺さんが亡くなるとき、〝この手拭い、おれに代わって、おまえが首にかけて店を守ってくれ。頼んだぜ〟っていわれて、ちょうだいしたもんなんです』

いつだったか、長吉がそういって重蔵に見せたことがある手拭いに違いなかった。

（長吉が、この路地の先にあるおみちの家に向かう途中か、その帰り道に落としたのだろう。それが昨日だとしたら、長吉に九兵衛殺しの疑いをかけざるを得ない。いず

れにしろ、長吉をいろいろと問い詰めなきゃならないようだ……）

重蔵は、その手拭いを願うような気持ちでさらに隅々まで丹念に見つめた。

（土の汚れはあるが、どこにも血の痕はついてはいないか……）

重蔵は、ふぅっと安堵したかのようなため息をついた。

「親分、遅れてすまない」

野次馬たちをかき分けて、重蔵に岡っ引きの手札を与えている同心の千坂京之介が定吉とともにやってきた。二十八の京之介は髷を小銀杏に結い、着ている黒紋付きの羽織の裾を帯の内側に捲り上げて挟んだ〝巻き羽織〟、その下は黄八丈の着流しで、足元は裏白の紺足袋に雪駄履き。大小二本の刀と朱房のついた十手は、左腰の帯に水平に差す〝かんぬき差し〟である。

定町廻り同心独特の出で立ちで、すらりとした長身の京之介はまるで錦絵から抜け出てきたような色男だ。しかも、剣術は一刀流の免許皆伝で欠点などひとつもないように見えるが、実は血を見るのが苦手という同心らしからぬ質なのだ。

「下手人につながる手掛かりはなにか見つかったかい」

いつものように、京之介は亡骸から目を逸らして訊いてきた。

「へえ。若旦那、おろくのここを見てください」

そういいながら、重蔵はさりげなく拾った手拭いを懐に仕舞った。〝おろく〟とは亡骸のことである。お経の〝南無阿弥陀仏〟が六字であることから、仏になった人を指すようになったという、町方が使う隠語である。

「匕首で肝ノ臓を一突きで殺してます。たいした手練れの仕業ですよ」

京之介は眉をひそめて定吉と一緒に無言で見ている。

「それから殺されたのは、灯を入れていない提灯が落ちていることや体の強張り、血の固まり具合から、昨日の宵の口でしょう」

「他になにか落ちていたものはなかったのかい？」

京之介が涼しい顔をして訊いてきた。

重蔵は一瞬ひやりとして迷ったが、

「へえ。手掛かりになるようなものは、他にはなにも——」

と、努めて平静に答えた。

「ふーん……」

剣の達人である京之介の五感は、驚くほど鋭い。もしかすると、さっきさりげなく懐に手拭いを仕舞うのを見逃さなかったのかもしれない、と重蔵は思った。

だが、京之介は微塵も疑いの色を見せることなく、所在なげに辺りを見回している。

「この道は、まだ提灯のいらねぇ宵の口でも、人通りの少ない暗くて寂しい物騒な横丁だ。『多賀屋』の九兵衛さんは、どうしてこんなところをお供も連れずにひとりで通ったんですかね」

定吉がいった。髪結いの廻り仕事をしているだけに、定吉は深川の町の隅々まで明るい。

「定吉、なかなかいいことを訊くじゃないか」

京之介がからかう口調でいった。

「仏さんを『多賀屋』に運んでもらって、お内儀さんや奉公人たちに九兵衛さんの昨夜の動きを訊きましょう」

昨夜、九兵衛はこの細い横丁の路地の先にあるおみちの家にいったときか、その帰り道に殺されたに違いないと重蔵は睨んでいる。だが、今それを京之介や定吉の前で話せば、長吉とおみちのことにまで話が及びかねない。そう考え、重蔵は口をつぐんだのだった。

十

自身番の番人たちに九兵衛の亡骸を中川町の「多賀屋」に運ばせた重蔵は、屋敷の奥の客間に通されてお内儀のお清がくるのを待った。一緒にきた京之介は別室で番頭から、定吉は奉公人たちから昨日の九兵衛の動きを聞くことになっている。店の者たちに口裏を合わせられないようにするためだ。

やがて、重蔵のもとに通夜の用意を終えたお内儀のお清が、白無垢姿で入ってきた。亭主に先立たれた内儀が白無垢を着るのは、亡き亭主に操を立てて再縁しないという決意を表すためである。

三十八になるお清は、若いころの美しさを面影に残しているが、目鼻立ちが整っていようとも九兵衛を亡くした今はやつれきっていた。夫婦の間に跡取りとなる子供がおらず、お清は孤独な後家となってしまったのだから無理もない。

「このたびは、九兵衛さんがとんだ災難に見舞われまして、心からお悔やみ申し上げます」

重蔵は深々と頭を下げた。

「ご丁寧にありがとうございます」

お清は淑（しと）やかに挨拶を返したが、愁い顔に寂しさが漂っている。それでいて、どこか冷たく、無表情だった。

「お取り込み中、さっそくですが、九兵衛さんは昨日、どうして佐賀町に出かけたんでしょう」

「おみちのところにいったんですっ」

お清は、包丁で大根を切るときのように、ずばりと答えた。

「おみちという人は、九兵衛さんとどんな関係なんですかい」

重蔵は素知らぬふりをして訊いた。

「うちの人が囲っている女ですよ」

お清は、こめかみのあたりをぴくぴくさせていった。

お清は、おみちが妾になっていることを知ったのは二年前で、奉公人たちが世間の噂を聞き込んで自分に告げ口してきて知ったという。

「それでお内儀さんは、どうしなすったんです？」

「どうもしませんよ。ただ、知らん顔もできませんから、おみちのところに使いの者をやって、百両とうちの人と手を切るようにという書付を届けさせました」

「しかし、昨日、そのおみちという女のところに出かけたということは、関係は切れていなかったということですかね」

「ええ。わたしはすっかりうちの人にも、おみちにも騙されていたんですよ。でも、ひょんなことからまだ続いていることを知って、もう一度、今度はうちの人に百両を詰めた革の手提げ袋と書付を持っていかせたんです。ただ、今度の書付は、手を切るようにというものではありません。そういったところで、うちの人もおみちも聞く耳を持たないでしょうから。ですから、今度の書付は、もし、おみちに子供ができたら、あたしがもらい受けて、実の親として育てることに同意しなさいとしたためたのです」

「しかし、それは納得しないでしょう」

「納得するもしないもありませんよ。だいたい、おみちの父親は、あたしの郷里と同じだったのが縁で雇ってやったんです。それなのに博打にのめり込んで、二十両も店の金に手をつけたんですよ。よほどお上に突き出してやろうかと思ったんですが、店の信用にも関わるし、同じ里の者を打首獄門にしたんじゃ寝覚めも悪いというのでお咎(とが)めなしにしたんです」

「お内儀さんは、江戸の生まれじゃなかったんで——」

「ええ。あたしは、武州（ぶしゅう）の大宮（おおみや）で生まれ育ちました。実家は代々、大宮の名主でございます」

それまで愁いと寂しさを漂わせていたお清の顔が、誇りを示すように引き締まった。

「ところが、あたしの知らないところで、うちの人が娘のおみちを妾にしていたんですからね。それを知らなかったあたしは、いい笑い者ですよ。それでも、うちの人の子供を産めない自分がいけないんだと耐え続けたんです。ですから、おみちに子供が産まれたら、あたしがもらい受けて育てるのは当たり前。世間様に笑われたり、寂しさに耐えるのは今度はおみちの番ですよ。親分、あたしのいっていること、おかしいですかっ」

お清は、きっと重蔵を睨みつけるように見ていった。

「しかし、お内儀さん、その百両を詰めたという革の手提げ袋はありませんでしたがね」

「そりゃあ、下手人が奪ったに決まっているでしょう」

お清は柳眉（りゅうび）をひそめていった。

「百両もの大金を持たせて、ひとりで出かけさせるのは危ないと思わなかったんですかい？」

すよ」

「思いましたよ。ですが、うちの人がだれにも行き先を知られたくないといったんですよ」

「なるほど。九兵衛さんが出かけたのは、なんどきでしたかね？」

「暮れ六ツ前でした」

「ふむ。百両を持って出かけたことを知っているのは、お内儀さんのほかにだれかいますか？」

「そんなこと、いいふらすわけがないでしょう。親分さん、一日も早く下手人をお縄にしてくださいまし。このままじゃ、店も立ちゆかなくなってしまいます……」

お清は白無垢の袖で目頭をそっと押さえながらいった。

重蔵と京之介、定吉たちが「多賀屋」から外に出ると、それまで青空だった空が花曇りになっていた。時刻は朝五ツ半ごろである。

「親分、二年前に百両と書付を持たせて、そのおみちという女のところに使いにいった者というのはだれだい？」

番頭からたいした話はなかったという京之介が訊いてきた。

「？――そりゃ、番頭じゃないですかね」

「そんなことはひと言もいってなかったなぁ」

「え？」

重蔵は不意を突かれた気分だった。百両もの大金を持たせていたのだから、店で一番信用の置ける番頭だと思い込んでいたのである。

「もう一度、番頭に会って確かめてこようか」

歩くのを止めた重蔵に、京之介が訊いた。

「若旦那、ちょっと待ってください。使いの者が番頭じゃなかったら、『多賀屋』のお内儀のお清はいったいだれを使いに出したんですかね……」

重蔵は目まぐるしく頭を働かせながら訊いた。

「そんな大役を任すんだから、よほど信用している者だろうね」

どうしてそんなことを訊くのだ？　といいたげな顔をして京之介がいった。

「この『多賀屋』の中に、お内儀が番頭より信用をしている者がいますかい？」

「親分、いったいなにがいいたいんだい？」

「二年前、おみちって女は、お清から本当に百両を受け取ったのか訊きにいきましょう」

「訊きにいくって、そのおみちって女のところにかい？」

「へえ。定吉、おれと若旦那はおみちのところへいくが、おまえは、『多賀屋』のお内儀の郷里、武州の大宮にいってくれないか」

「へい。大宮で、おれはなにをしてくりゃいいんです？」

定吉は、ようやく自分の番がきたとばかりに目を輝かせて訊いた。

「お内儀の幼いころから、『多賀屋』に嫁に入るまでのことと、それから幼馴染になにか臭うやつがいないか探ってきてくれ」

横から京之介が重蔵に訊いた。

「親分、なんでだい？　内儀のお清が怪しいというのかい？」

「へえ。お清は、自分は『多賀屋』のお内儀だという気位の高さ、大宮の名主の娘だという驕り（おご）がやけに強い。そういう女は、油断がならないもので――」

「ふーん」

京之介は、なにがなんだかわからないとでもいいたげな顔をしている。

「へい。わかりやした。じゃ、おれはこの足でさっそくいってめぇりやす」

「ああ、頼んだよ」

重蔵がいう前に、定吉はすでに走り出していた。

十一

その日の昼四ツ――。

「ねぇ、あんた――」

事を終えたおみちは、夜具の上で乱れた髷を手で直しながら、しっとりと汗ばんだ肌を長吉の胸に乗せてきていった。いつしかおみちは、長吉を「あんた」と呼ぶようになっていた。

「ん？」

長吉は官能の余韻に浸っている。

「女房と別れておくれよ。そうしてさあ、この家を改築して、あたしと一緒に料理屋をやろう。あんた、いってただろ。お店に伊佐治さんが帰ってきてからというもの、やりにくくてしょうがないってさあ」

伊佐治が帰ってきてから、長吉を取り巻く状況は一変していた。伊佐治は放蕩の末、小田原(おだわら)に流れて、そこで所帯を持ったものの、相も変わらず博打で身を持ち崩し、女房は息子を連れて出ていった。博打の借金だけが残った伊佐治は、小田原の旅籠(はたご)で住み込みの板前見習いから働いて、ようやく返すことができたのだという。

『馬鹿な人間は、何度でも馬鹿を繰り返す。大切なものがなんだったのか失ったときにわかるんだが、そのときはもう後の祭りだ。おれは親父（おやじ）を失い、女房子供まで失って、ようやくそのことに気づいたのさ。幸い、おふくろがまだ生きていてくれた。これからは親父にしなきゃいけなかった分も一緒におふくろに償（つぐな）いがしてぇ。長吉、そんなわけでよろしく頼まぁ』

つい先夜、店じまいしてから二人で店で飲んだとき、伊佐治はそういった。

だが、それは長吉にとって、店を辞めてくれといわれているも同然だった。

もともと十人も入ればいっぱいになる店で、しかも安酒をちびりちびりと飲んでは憂さ晴らしする長っ尻の客ばかりだから、売上げなどたかが知れている。

そんな店に板前が二人いる必要などあるはずもないことから、伊佐治は朝から店を開けて飯屋をはじめたのだが、今や夜よりも客が入るようになった。

そのうえ、伊佐治は夜の肴の仕込みもして、長吉の仕事は燗をつけたり刺身を切る程度しかなくなった。

だがなにより、伊佐治は板前としての腕が長吉より数段上で、仕込んだ煮〆や煮魚の味も格段にうまいのだ。

　このところ長吉は、いつお染めからはっきりと辞めて欲しいといわれるのかと、内心気が気でなくなっていたのである。

（どうやらおれは、まだまだ運に見放されちゃいねえようだ……）

　おみちの申し出を聞いた長吉は、胸の内でほくそ笑んだ。

「なに黙ってるのさぁ。あたし、ずーっとあんたの女房に悋気してたんだよ」

「おたねに悋気？」

　唐突なおみちの言葉は、すぐには呑み込めなかった。

「そうよ。だって、あんたのあたしのかわいがり方があんまり上手なんだもの。あんたに抱いてもらって、ひとりになったとき、家でもあんなことを女房にもしてるのかと思うと、あたし、おかしくなりそうになるんだよぉ」

　おみちは長吉の乳首を甘く嚙んだ。

「おみちっ……おれだって、あの九兵衛の爺におまえのこの体をいじられているのかと思うと、どんだけ嫉妬したことか――」

　長吉がそういいながら、裸のおみちの上に乗ろうとすると、おみちはするりと体をかわし、夜具から出て長襦袢(ながじゅばん)を肩にかけた。

「おい、どうしたんだ」

「だ〜め。あんたが女房と別れてくれるまでは、おあずけよ」

おみちはそういって立ち上がり、これ見よがしに豊満な裸体を晒したかと思うと、さっと長襦袢で体を包み込み、妖艶な笑顔を見せた。

と、そのときである。

「深川の重蔵ってもんだが、おみちさん、いるかい？」

よく通る重蔵のおとなう声が聞こえたおみちと長吉は、いきなり水を浴びせられたようにどきりとして、青ざめた顔を見合わせた。

「あ、はーい、ただいま……」

おみちと長吉は慌てて着物を身に着け、おみちは足早に玄関に向かった。

「八丁堀の旦那に重蔵親分、いったいなに用でしょう？」

おみちは、うなじのほつれ毛を気にして手をやりながら、目の前にいる重蔵と京之介に目を泳がせながらいった。「多賀屋」がある中川町から、おみちの家がある佐賀町までは歩けばすぐの近さだ。

「長吉、きてるんだろ？」

玄関に揃えて置いてある男物の草履に、ちらりと目を向けて重蔵が訊いた。隣に立っている京之介はあくびをしたそうな顔をしながら、玄関のあちこちを見るともなしに見ている。

「え？　あ、はい……」

おみちは、一段と自分の顔が強張っていくのがわかった。

「あんたと長吉に訊きたいことがあってきたんだ。ここじゃなんだから、上がらせてもらっていいかね？」

重蔵がいうと、おみちは、

「いや、でも――」

と、なんとか拒もうと必死の様子だ。

すると、京之介が帯に差してあった朱房のついた十手を抜くと、それで肩をポンポンと叩くようにしながら、

「おまえの旦那、『多賀屋』の九兵衛が昨日、この近くで殺されたんだよ。ここで話を聞かせてもらえないというのなら、番屋にしょっ引くことになるが、いいのかい？」

と、冷笑を浮かべて言った。

「きゅ、九兵衛さんが殺された⁈……」

おみちは一瞬にして血の気を失って白い顔になり、よろめいて柱にすがるように摑

まった。

「上がらせてもらうよ」

重蔵は有無をいわさず、草履を脱ぐと京之介もあとに続き、ふたりはずかずかと家の中へ入っていった。

居間にいくと、顔色を失った長吉が正座していた。

「親分、それに八丁堀の旦那、いってぇどうしてここに……」

長吉の声は震えていた。

「聞こえなかったかい。『多賀屋』の九兵衛さんが、昨日、この家のすぐ近くの佐賀稲荷神社で殺されたんだよ」

長吉の前に座りながら、重蔵が抑揚のない調子でいった。その隣に京之介も刀を帯から抜いて腰を下ろした。

「あの、お茶をお持ちします。少々お待ちください」

あたふたしながら、重蔵と京之介を追うようにしてやってきたおみちがいった。

「茶なんぞはいいから、おみちさん、あんたもそこに座ってくれ」

「はい――」

重蔵が長吉の横を指さして言った。

観念したかのような顔をして、おみちが長吉の横に座った。

「長吉、おまえ、昨日もここにきていたのかい？」

重蔵は、じっと長吉を見つめて訊いた。

が、長吉は目を逸らして、

「いや、それはその、なんですよ――」

と口ごもって、目を白黒させている。

「これは、おまえのもんだろ？」

重蔵は、懐から佐賀稲荷神社の前の道に落ちていた手拭いを取り出して、長吉の前に放った。それを目にしたとたん、長吉は目と口を大きく開いて呆然となった。

「お、親分、これをどこで……」

長吉はかすれた声で訊いた。

「昨日、九兵衛さんが殺されていた佐賀稲荷神社の前の道に落ちていたのを、おれが拾ったのさ。それは、おまえが働いている『みよし』の亡くなった親方の勝三さんから、おまえが譲り受けた手拭いだろ？」

「へ、へえ……」

長吉は、そう答えると、生唾をごくりと音を立てて飲み込んだ。

「この家にくるときか、帰り道か、それとも九兵衛さんを殺したときに落としたか。どうなんだ、長吉」

「お、親分、な、なにをいっているんですかっ。どうしておれが九兵衛さんを殺さなきゃならねぇんですか……」

「おまえが九兵衛さんを殺す理由か？　それは、昨日も今日もこうしておみちさんの家に通いつめているってだけで十分説明がつくだろ」

「だ、だからって、おれが九兵衛さんを殺すだなんて、そんなことできるはずねぇじゃねぇですか……」

長吉はしどろもどろになって、自分でもなにをどういったらいいのか混乱しているようだ。

「おまえに人を殺す度胸なんぞないことくらい百も承知だよ。だが、どうなんだ。この手拭い、いつ、どこで落とした？」

「いや、それがおれにも……」

また口をもごもごさせはじめた長吉に苛立（いらだ）った重蔵は、

「長吉っ」

一喝すると、長吉はそのときになって、はっとした顔になっていった。

「おたねだ……」

「なに？」

「おたねが持ってきたんですよ、きっと。いつもおれが首にかけて大事にしていることを知っていやすから――昨日、ここにくるとき家に忘れてきたんです。おたねは、おれが置き忘れて出かけたんで、きっとあとを追ってきて、それで落としたんだと思います……」

　長吉は顔を歪めている。手拭いを忘れて出ていった長吉を追ってきたおたねは、長吉がおみちの家に入っていったのを見たのだろう。そのとき、長吉と仲睦まじくしているおみちの姿も見たに違いない。驚いたおたねは、持ってきた手拭いを長吉に渡すことなく呆然としながら家に戻っていった。すっかり体から力が抜けたようになっていたおたねは、佐賀稲荷神社の前にきたあたりで、手から手拭いを離してしまったのだろうと長吉はいった。

「ふむ。なるほどな」

　長吉が嘘をついているようには見えない。おたねの行動も理解できるものだ。おそらく、長吉の推測は当たっているだろう。

「今度は、おみち、おまえの番だ。これから訊くことに嘘偽りなく答えろ」

京之介がいった。

「はい。なんなりと——」

おみちは緊張して体を固くしている。

「二年前、おまえは『多賀屋』のお内儀、お清の使いだという者から、百両と九兵衛と手を切れという書付を渡されたというのは本当か？」

「?!——いったいなにをおっしゃっているのか、あたしにはさっぱりわかりませんが……」

顔を強張らせていたおみちだったが、今はきょとんとした顔をしている。

「受け取っていないというのか？」

京之介がなおも念を押すように訊くと、

「はい……」

おみちは柳眉をひそめている。嘘をついているようには見えない。

（となると、いよいよお清が怪しいことになるな……）

重蔵が考えを巡らせていると、

「おみち、おまえが嘘をついていたことがあとになってばれたら、ただではすまないぞ」

京之介が脅すと、おみちは一瞬怯えた顔はしたものの、

「あたしは嘘なんかついちゃいませんよ。百両だの書付だの、本当にいったいなんのことですか？」

と、挑むような口調で訊ねてきたのだった。

十二

それから五日後の宵五ツ――。

月が厚い雲に覆われている。そんな中、「多賀屋」の裏口から、お清が左手に提灯、右手になにやら袋を持ってひとりで出てきた。

「ようやく動き出しましたね」

三日前から、反対側の道の天水桶に身を隠して見張りを続けていた重蔵が、そばにいる京之介に小声でいった。

「親分、見立てどおりになりそうだな。さ、いこう」

「へい」

ふたりは気づかれないように、前を歩くお清から三十間ほど離れた距離を保ってあ

とを尾けた。

五日前、定吉は韋駄天走りで深川から十里も離れた武州の大宮までいき、二日間駆けずり回って、お清のことについて聞き込みをした。そして深川に戻ってきた定吉の話から、九兵衛殺しにお清が深く関わっている疑いが濃くなり、重蔵はお清を見張ることにしたのである。

お清は九兵衛のもとに嫁いでくる前、新次という男と惚れ合っていた過去があったのである。しかし、代々名主の家の娘であるお清と旅籠の次男の新次とでは、家の格が違いすぎるということで、双方の親たちから交際を猛反対されて別れさせられた。

そんなことから、お清は大宮から遠く離れた江戸で、妻を病で亡くして糸問屋を営んでいる九兵衛の後妻に入ることになった。一方、お清を失った新次は悪い仲間に入り、親の手に負えない乱暴者となり、匕首で人を刺す喧嘩を繰り返すようになったため、親は御代官に願い出て帳外の許しをもらった。つまり、人別帳から外され、無宿人となったのである。無宿人となれば、大宮には住めない。新次は大宮を出奔し、江戸に逃げると仲間にいったきり姿を消したという。

定吉から話を聞き終えた重蔵は、こう推理した。無宿人となった新次は江戸に出てきても、まともな職に就くことは難しい。無宿人になって江戸に出てきた者の多くは盗みで食うか、博打打ちになるのが常だ。そんな暮らしをしている中で、新次とお清はばったり出会ったのではないか？　そして二年前、かつて深い仲だった新次にお清は、おみちのもとにいって、九兵衛と手を切るという書付と手切れ金の百両を渡したのではないか？　しかし、すっかり悪に染まっていた新次は、おみちのもとにはいかず、百両を持って姿を消した。そして、百両を使いきってしまった新次は、詰(なじ)られるのを承知でふたたびお清に近づいた。案の定、新次はお清に詰られはしたものの、また大金が欲しければ、今度こそ自分のいいつけを守ってくれといった。つまり、九兵衛を殺してくれ、と——。

「ふふ。ありがとよ、お清」

堀川町千鳥橋(ほりかわちょうちどりばし)の袂にある船宿「小波(こなみ)」の二階の部屋で、お清は革袋から切り餅四つを取り出した。新次が金つぼ眼を光らせながら、にやりと笑った。

お清と同い年の新次の痩せこけた顔の右頬には、細く長い刀傷があり、ひと目でやくざ者と知れる風貌をしている。

「新さん、本当に、これっきりですからね」

お清は新次を睨みつけるように見ていった。

「ああ、わかってるよ。しかし、おれもすっかり人が変わっちまったが、虫も殺せなかったおめぇが人殺しを頼む怖ぇ女になるとはなぁ」

新次は、皮肉な笑みを浮かべている。

「しぃっ、聞こえたらどうするんですっ。じゃ、あたしは帰りますけど――新さん、本当にこれっきりですよ。もし、また無心にきたら、あたしは黙っていませんからね」

「黙っていねぇって、いってぇどうするつもりだ？」

「お上に訴え出ます」

お清は、きっぱりいった。

「そんなことしたら、お清、おめぇも捕まることになるぜ」

「ふふ。あたしのいうことと無宿人のいうこと、お上はどっちを信じますかねぇ」

お清は、意地の悪い笑みを見せていった。

「お清、てめぇ――」

新次が目を吊り上げて立ち上がり、お清の胸ぐらをつかもうとしたときだった。

「どっちの言い分も信じるさ」

襖の向こうから男の声がし、新次とお清は、ぎょっとした顔つきになって襖に目を向けた。

　すると、勢いよく襖が開き、

「御用だっ！」

　と、重蔵が姿を現して叫ぶようにいうと、

「ふたりとも、神妙にしろっ！」

　と、あとに続いて姿を見せた京之介が鋭くいった。

「く、くそっ……」

　新次は悔しそうに顔を歪めながら呻（うめ）くようにいうと、素早く懐に仕舞っていた匕首を取り出して白木の鞘から刃を抜こうとした。が、京之介は目にも留まらぬ速さで抜刀するや、峰を返して新次の匕首を持つ手を打った。

「うぐっ……」

　新次は呻き声をあげ、手から匕首を落とした。京之介はすかさず、新次の肩を峰打ちした。

　すると、グキッという音がし、新次はがくりと畳に膝をついて動けなくなった。そんな新次の様子を呆然と見ていたお清は、はっと我に返ると、慌てて立ち上がって部屋から逃げようとした。が、そんなお清の肩に、重蔵が十手を打った。

「ぎゃっ……」

お清は悲鳴をあげて、畳の上に倒れ込んだ。重蔵は、懐から素早く捕り縄を取り出してお清、次に新次を高手小手に縛り上げた。

「かつて惚れ合った仲の新次をうしろで操(あやつ)り、九兵衛さんをあの世へ送ったのが、お内儀のお清、おまえだったとはな。いったい、どういう了見でこんなことをしたんだ。いいたいことがあったら、いってみろっ」

お清は、醜く顔を歪めて口を開いた。

「あたしは、『多賀屋』の後妻に入ったものの、役目はただひとつ。跡取りを産むことでした。でも、何年経っても子を宿すことはできず、あたしは世間や親戚たちの冷たい視線を受けても、ただただひたすら耐え忍ぶ日々を過ごしました。時折、養子を貰おうかという九兵衛の言葉も、あたしには嫌味(いやみ)か皮肉にしか聞こえませんでした。そして二年前、九兵衛がおみちを囲っていることを知ったとたん、あたしの長年の苦しみが憎しみに変わりました。だってそうでしょう。おみちの父親の平吉(へいきち)は、あたしと同じ大宮の在で、あたしのおとっつぁんの知り合いから頼まれたから奉公人として雇ってあげたんです。その恩も忘れて博打に手を出して借金を作り、その借金を返すために店のお金に手を出して——子無しのあたしは、もっとみじめな立場に追い込まれました。ところが、九兵衛はあたしに内緒で店の金に手をつけた平吉をお奉行所に突き出さない代わりに、娘のおみちを妾に差し出させていたんですよ」

「それを知った折に、かつて惚れ合っていた仲の新次と再会したおまえは、新次を使って九兵衛さんとおみちの縁切りを図ったが、新次の裏切りで首尾よくいかなかったわけだ」

「はい。でも、新さんは、またあたしに大金を無心してきました。そのとき、あたしはもう鬼になっていたのでございます。もし、あたしより先に、おみちに子供ができたら、あたしは『多賀屋』から追い出されてしまう。大宮の名主の娘のあたしが、同じ在の百姓の出で、博打に狂って店のお金に手を出した平吉の娘のせいで——そんなことが許されていいはずがないじゃございませんか っ……」

「そこで、新次に九兵衛を亡き者にしてくれるのなら、百両を支払うといったんだな」

「はい。ですけど、八丁堀の旦那、親分、あたしはこうなってしまった今も、後悔しておりません」

お清は悔しそうに醜いまでに顔を歪めていても、涙ひとつこぼすことはなかった。よほど九兵衛を憎んでいたのだろう。

「そうかい。ま、しっかり仕置（しおき）を受けることだな」

重蔵がそういうと、

「さ、おまえも立つんだ」

京之介はぞんざいにいって、新次を立たせて、重蔵とお清とともに近くの自身番屋に向かった。

十三

九兵衛殺しの下手人である、お内儀のお清と新次が捕まった翌日の夜は、小雨が降り続いていた。

「おたねさんと離縁するだと」

富吉町にある小料理屋の二階の座敷で、長吉と向かい合って酒を飲んでいた辰造が思わず声をあげた。

「ああ。おれは、おみちと所帯を持つことにしたよ」

長吉は、薄ら笑いを浮かべて盃をあおった。

「長吉、おめえ、正気なのかっ。おみちが、どんな女なのか知らねえわけじゃねえだろ」

　辰造は呆れた顔をしている。

「知ってるさ。ぜんぶな」

　長吉は盃に酒を手酌しながら、勝ち誇った顔を見せた。

「おめえが、おみちの家に通いつめてることは知ってたよ。うちの若ぇ衆が何人も、おみちの家から出てくるおめえの姿を見ているからな」

　長吉は盃を持つ手を止めた。

（なんだ。辰つぁん、知っていたのか……）

「よっぽどいおうと思ったんだが、ふたりともガキじゃねえ。火遊びだと思って聞かなかっことにしてたんだ。だが、『多賀屋』の旦那が死んで、おめえがおみちと所帯を持つだなんて言い出すたぁ、黙ってるわけにゃいかねえ。おれがおめえたちを引き合わせたんだからな」

「おいおい、辰つぁんよ、おみちに会わせてくれたことはありがてぇと思っちゃいるが、文句いわれる筋合いはねえよ」

「おれが文句いってるだとぉ？」

「そうじゃねえか。おれとおみちは惚れ合ってるんだ。そこへおみちの旦那が死んだ。

そんなおみちとおれが、所帯を持つことにしてなにがおかしいんだい」

「長吉、おめえ、自分が今なにいってるのか、わかってんのか。そんなことして、おまえがいつもいってる、おめえに過ぎた女房のおたねさんはどうなる。おめえは、これまで連れ添った女房を捨てるっていってるんだぜ」

「それがどうした」

長吉はチクリとも胸が痛まなかった。それというのも長吉はつい一刻ほど前、女将のお染めから「みよし」を辞めてどこか別の店へ移ってくれないかといわれたばかりなのである。もし、おみちの『あたしと一緒になって、この家を改築して店を出そう』という申し出の前にそれをいわれていたら、おそらく長吉は逆上していただろう。ずいぶん前から店を辞めるという気持ちの用意はできていたつもりだったが、面と向かってお染めにいわれたときは、さすがに長吉の顔色は変わったが、その一方で自分でも驚くほど平静を保っていることができた。それもこれも、おみちのおかげなのだ。

『女将さん、伊佐治さんが帰ってきてくれて、実のところ、おれもほっとしてたんですよ。伊佐治さんが帰ってくるまでなんとか店を守ることができて、ご恩返しをできたことだし、前々からおれに店を持たねえかといってくれていた人にも、これでいい返事ができます』

　長吉はいいたいことはあったが、微笑んでいい返すことができたのだった。

『おや、そうだったのかい。あたしもおまえにそういってもらえると気がすっと楽になったよ』

　お染めは、皺だらけの顔いっぱいに安堵の色を浮かべながら、胸を撫で下ろしていった。

　店から逃げ出すようにして外に出た長吉は、すぐにでもおみちのところへ飛んでいきたかったが、堪えなければならなかった。まだ、おたねに離縁話を切り出してはいないのである。

　おみちに所帯を持とうといわれてから六日経っていたが、離縁話を切り出せばいくあてのないおたねは、きっと泣き狂うだろう。そんな場面を想像しただけで、長吉はどうしようもなくうっとうしい気持ちになって一日延ばしにしていたのである。

『だって、あんたがいけないんじゃないかぁ……』

　抱こうとすると、するっと躱される長吉は苛立って舌打ちするのだが、そんな長吉におみちはしなだれかかり、胸を押さえて鼻声でいうのだった。

『あんたが女房と別れてくれないんだもの。あたしのこの体だって、あんたを欲しくってたまらないんだよ。それをあたしが、どんな思いで我慢してると思ってるのさぁ。ひとり寝しながら、自分で慰めているあたしの気持ちにもなっておくれよぉ』

おみちが夜具の中、ひとりで豊満な肉体を晒して、手淫しながら艶めかしい声をあげている姿態を想像すると、長吉の股間は今にも爆発しそうになるのだった。長吉は欲望を抑えることが限界にきていた。

そんな折、お染めに店を辞めてくれるように切り出されたのは、いよいよ覚悟を決めるまたとない機会だと長吉は思った。

「おい、長吉、聞いてんのか」

辰造の声で、長吉は我に返った。

「長吉、目ぇ覚ませ。おみちは昔のおみっちゃんとは違うんだ」

「ああ、まったくその通りだ。いい女になってくれたもんだよ。辰つぁん、おまえさん、おれに焼き餅焼いてるんじゃねえのか」

辰造は、思ってもいなかった長吉の言葉を聞いて、口を半分開けたまま長吉を見ているだけだった。

「辰つぁん、おまえさんはおれをずっと見下(みくだ)してたろ。安居酒屋の板前がぼんやり頭の女房もらって粋がりやがって、この馬鹿がってよ」

「長吉、おめえはどうかしちまってるよ……」

辰造は呆れてものがいえなかった。

「そりゃあ、辰つぁんのほうだろ。若い衆にへこへこされて、町のもんからも、あれが纏持ちの辰造さんだぁってちやほやされてるうちに、どうかしちまったのは、おまえさんのほうだぜ。なにが『吉松』で働いてみねえかだ。なにがいつでも口を利いてやるだよ。笑わせるな。おれは、おみちと所帯を持って、てめえの店を持つ。そのどこがいけねぇんだよっ」

「話にならねぇ……」

辰造は呻くようにそういうと、片足を立てて中腰の格好になり、素早く右手を伸ばして長吉の胸ぐらをつかんで睨みつけた。

「おめえがおれにさんざっぱら愚痴ったあの夜、おれもおめえに泣き言をいったことを忘れやがったのかっ。おれは、もう纏持ちなんざ御免蒙りてぇ。ガキができたとたん、おれは火が怖くて怖くてしょうがなくなっちまってる。だが、消し口取らなきゃ、あいつは頭になりてぇばかりに頭の娘を嫁にもらった汚ねぇやつだといわれる。火炎地獄の中ぁ、おれは小便もらしながら命張らなきゃならねぇんだっ。情けねえ思いをしながら、それでも歯を食いしばっているのは、おれもおめえも一緒よ。だがな、長吉、おめえは命張ったことがあるのかよっ。てめえの力でモノにしたものがなにかあるのかっ……」

一気に吐き出すようにいった辰造の目には、かすかに涙が浮かんでいた。

間近に迫っている辰造の顔を長吉は、呆気に取られて眺めていた。

「てめえのような馬鹿はもう、おれの前に二度と面ぁ出すな……」

辰造は力なくそういうと、長吉の胸ぐらから手を放して部屋を出ていった。

ひとり残された長吉は、辰造の言葉を何度となく思い出しては残っている酒を飲み、かぶりを振って打ち消して、おみちとのこれからはじまる華やかな毎日に想いを馳せた。

(へへ、辰つぁんもざまぁねえぜ。おれに嫉妬するなんてよ。だが、おれは決めたんだ。今夜こそ切り出さなきゃならねえ。もう、おたねは、おれに女ができたことをどうせ知ってるんだ。こうなったら泣こうが喚こうが、なんとしても離縁を言い渡してやるんだっ……)

そもそも長吉がおたねと所帯を持ったのは、惚れた腫れたの末ではなく、単に長吉がおたねに同情したに過ぎない。

長吉がはじめて、おたねを見たのは富岡八幡宮近くの「梅本」という矢場だった。そこでおたねは、客の的を外した矢を拾い集める「矢取り女」として働いていたのである。矢取り女たちがしゃがみ込んで客が的を外した矢を拾うとき、客たちはその尻を目がけて矢を打つ。鋭い金具が矢についているわけではなく怪我をすることはないから、それもひとつの遊びで、矢取り女たちはわざと尻を振って誘い、うまくそれをかわすのである。

だが、おたねはそうではなかった。尻を誘って振るでもなく、当たるままにさせていた。

むろん、矢が当たればかなり痛い。なのに、おたねは避けるでもなく、矢が当たれば鈍重に振り向き、笑っている客を物悲しそうな顔をして見るのだが、その客の笑顔を見ると笑みを浮かべるのだった。

(なにをぼんやりしてやがるんだっ……)

長吉は、そんなおたねを見ているとわけもなく腹が立った。むろん、鈍重なおたねの尻を目がけて笑い転げる客たちには、もっと腹が立つ。おたねが頭の弱い女だということはわかっている。

だが、それを見せ物にしている「梅本」の主にも、それを嘲笑う同じ矢取り女たちにも長吉は腹が立った。その腹立ちがどこからくるものなのか、長吉自身にもわからないのだが、因果者の見せ物を無理やり見せられたような、耐え難い嫌な気分にさせられるのだった。

長吉は「梅本」にいくのをそれきり止めた。そんな長吉が二度目におたねを見ることになったのは、「みよし」の主の勝三が死んで半年ほど経ったころのことである。

店を任されることになった長吉は、てんてこ舞いの毎日に疲れたある夜、矢場の「梅本」の近くにある岡場所に女を買いにいって、そのまま深酒をして泊まった。

そして二日酔いの朝、人影のない通りを帰ろうと歩いていると、閉まっているはずの「梅本」の前で、おたねが太った体を小さくして縮こまってしゃがみ込んでいたのである。

『おい、どうした』

長吉が声をかけると、おたねはびくっとして仰ぎ見、その目は泣きじゃくっていたのだろう、顔の肉の中に食い込んでいる小さな丸い目が異様に腫れぼったくなっていた。

おたねは矢場の二階に主の夫婦と一緒に住んでいて、なにかへまをして締め出しを喰ったようだった。

『腹ぁ、減ってるんじゃねえのか』

長吉がいうと、おたねはぱっと明るい顔になって、こくんと頷いた。

『おれも腹ぁ、減ってるとこだ。ついてきな。飯食わせてやるから――』

そういって長吉が歩き出すと、おたねはのろのろとしながらも、懸命に遅れまいと長吉の後についてきた。まるで拾われた子犬が、餌欲しさについてくるようだった。

長吉は長屋に着くと、火を熾し、飯を炊いて味噌汁を作り、昨夜店から持ち帰った煮魚を温め直して、おたねに食べさせた。

『どうだ。うめえか』

長吉が聞くと、

『うんっ』

おたねは、口いっぱいに飯を入れて答えた。客たちに、しょっぱすぎるとさんざん文句をいわれた長吉の作った煮魚を、おたねは「うまい、うまい」と繰り返しいいながら、三杯も飯を平らげたのである。長吉は、うれしかった。

『寝てねえんだろ。腹いっぱいになったら寝ていいぞ』

そういって寝部屋に連れていき、夜具を敷いてやって、浴衣(ゆかた)に着替えさせた。

長吉は台所にいくと、茶碗を洗い、部屋で横になった。すると、おたねの軽いいびきが聞こえてきた。長吉は寝ころんだまま、寝部屋の襖を開けて見た。

掛け夜具から体をはみ出しているおたねは尻を向けて寝ていて、浴衣がめくれあがり、むっちりとした真っ白い太ももを見せていた。長吉は静かに這うようにして近づくと、浴衣を気づかれぬように、さらにめくりあげて尻を見た。

おたねの真っ白で、はちきれんばかりに肉のついたまん丸い尻には、青黒い無残な痣がいくつもついていた。当てられた矢の痕である。

(馬鹿野郎がっ……)

半年ほど前に、はじめておたねを見たときの腹立ちが、むらむらと長吉の中で湧き起こってきた。頭が弱いがために矢を避けることもできず、痛い思いをしても客の笑顔を見れば笑顔を見せなければならないおたねのような女のこんな姿を見ていると、長吉はなんともやりきれない気持ちにさせられた。

(この女は、これからもずっと、ああして生きていくしかねぇのか……)

切なさで胸が塞がれるような息苦しい気持ちになった長吉は、青黒い痣だらけのおたねの尻を撫でてやった。すると、気持ちよさそうに軽いいびきを立てていたおたねが、身をよじった。

そのときである——撫でていた尻の真っ白でむっちりと盛り上がっているふたつの

肉と肉の間から、陰毛に縁取られた薄紅色の肉襞の割れ目が見えた。

長吉は、ごくりと生唾を飲み、恐る恐るその割れ目に両手を近づけると、むんずとそこを押し広げた。薄い紅色の肉の割れ目の奥は、ぬらぬらとした血のように赤い肉が、ぱっくりと口を開けていた。

長吉はさっきまでの胸が塞がれるような息苦しさとは別の息苦しさを覚え、それと同時に抑え難い凶暴な欲情がむらむらと湧いてきた。

長吉は、素早くおたねの肩に力を込めて手をやって体を反転させ、浴衣を剝ぎ取るようにして裸にした。

十八のおたねの裸体は、障子から差し込んでいる朝の光を受けて艶々と輝き、張りつめたように膨らんでいる乳房には、血管がいく筋も青く浮かんでいた。

長吉はたまらず、その豊かな肌のほうから吸いついてくるような乳房を強く揉みしだいた。

と、おたねはぼんやりと目を開けると、やがて恐怖で顔を引きつらせ、手足をばたつかせて暴れたが、長吉は声をあげようとしているその口に唇を覆いかぶせて塞ぎ、おたねの肩を両手で押さえた。

そして、力を込めた足でおたねの股を強引に開かせ、いきり立っている肉棒を無理やりおたねの湿り気の足りない肉襞の割れ目に突き刺した。

おたねは、合わせている口から「うぐっ」と苦しそうな声を漏らし、目をかっと見開いたかと思うと、強張らせていた体じゅうの力を一瞬にして抜き、長吉のなすがままにさせた。

やがて、果てた長吉がごろんと横になると、おたねは裸体を広げたまま、ぼんやりとした目を天井に向けていた。おたねは、男を知らなかったのである。

（やべぇことしちまったぜ……）

長吉が後悔していると、おたねはだらりとさせていた裸体の向きを変えて、長吉の胸に肉づきのいい体を縮こまらせてくっつけてきた。

そして、

『あったかい』

と、うれしそうにいった。

『おめえ……』

長吉は後悔の念に苛まれながらも、おたねの肩に手を回して体を引き寄せた。

おたねは、されるままに長吉の胸の中にすっぽりおさまると、「あったかい。あったかい」とうれしそうに小さな声で繰り返しているうちに、また軽い寝息を立てはじめた。

（どうすりゃいいんだ……）

おたねの寝息を聞きながら、長吉はうろたえていた。すぐに長屋の口うるさい女たちが噂を広げるだろう。それはまだいいのだが、矢場から黙って連れてきてしまったのだ。「梅本」の主は、やくざ者なのだ。噂を耳にすれば、ただでは済まないことは間違いない。かといって、長吉はおたねを「梅本」に帰す気持ちにはどうしてもなれなかった。矢場におたねを帰し、また笑いものにされるのはあまりに憐れだという気持ちと、それ以上に若くてはじけるようなおたねの肉体を、このまま手放す気になれないのだった。

店の仕事を終えて家に帰ってくると、おたねは飯も食わずに、ただぼんやりと長吉を待っていた。そして、長吉が飯を炊き、店から持ち帰った残り物で遅い晩飯を作ると、おたねは目を輝かせてうれしそうに「うまい」と何度もいって口に運び、飯をまた碗三杯も平らげるのだった。

晩飯を終えると、長吉はすぐに寝部屋にいって夜具を敷き、おたねの体を貪ったが、おたねはもう暴れるようなことはなく、おとなしくされるがままに長吉を受け入れ、事が終わるとまた長吉の胸に体を縮こまらせておさまり、「あったかい」とうれしそうに繰り返した。

（この女は、これまで誰にも抱かれたことのねぇ犬っころみてぇなやつだ。おれが面倒みてやるしかねぇじゃねぇか……）

三日も経つと、長屋じゅうに噂が広まっていた。このまま放っておくと、近いうちに「梅本」の主の耳にも届くことになるだろうと思った長吉は、考え抜いた末に岡っ引きの重蔵に相談に乗ってもらうことにした。重蔵は勝三がいたときから「みよし」に時折顔を出していて、勝三が亡くなったときも葬式にきてくれた。そして、勝三の跡を継ぐように板前となった長吉に、なにか困ったことがあったら相談にこいといってくれていたのである。

『所帯を持つのはいいことだ。わかった。おれが話をつけてやろう』

松井町（まついちょう）の重蔵の家にいって長吉が洗いざらい話すと、重蔵は快く引き受けてくれた。

そして、二日ほど経つと、「みよし」にやってきた重蔵は、

『三両ほど必要だが、おめえ用意できるかね？』

といった。

長吉ががっくりと肩を落として首を振ると、

『だろうな。わかった。祝言祝いだと思って、おれが出してやろう。その代わり、時

折、おれが店にきたときは銚子の一本も多くつけてくれりゃいい』

といってくれたのである。

翌日、重蔵は店にきて、「梅本」の主との話し合いは、ことのほか簡単についたといった。

おたねは、房州・市原の漁師の六人兄弟の五番目の娘で、金に困った親が知り合いを通じて「梅本」に奉公に出させたのだという。

特に奉公の書付のようなものもなく、重蔵が、おたねを女房にしたいという男がいるのだが、身請け金はいくらだと訊くと、主は頭が弱いうえに大飯食らいのおたねを持て余していたところだから金なんかいらない。今すぐにでも連れていってくれといった。重蔵は、そういうわけにもいくまい。あとくされがないようにと思い、用意してきた三両を渡すと、主は喜んで受け取ったと長吉に伝えた。

こうして長吉はおたねを女房にしたのだが、おたねは長屋のおかみさんたちに笑われながらもかわいがられ、縫物や掃除の仕方も教わるようになって、愚鈍ではあったが労を惜しむことはなく女房としての働きを覚えていった。

だが、一年も過ぎないうちに長吉は、おたねを女房にしたことを強く悔やみはじめた。

いくら抱いても、おたねは、はあはあと息を荒くするだけで、気持ちいいのか悪いのかわからないほど反応がなく、終わればいつものように胸に顔をくっつけて「あったかい」というのだが、寒い時節は我慢もできるが夏の暑いときなどはむさ苦しいったらない。

長吉は三両もの金を使って、芸のひとつも覚えない捨て犬を拾ってしまったような虚しさに襲われるようになったのである。

おたねが感情を出すのは、飯をたらくふく食べるときだけで、たまに縁日に連れていっても、おたねはただぼんやり歩いているだけで、甘えて物をねだったり、はしゃぐということもなかった。

いや、それだけならまだいい。長吉はおたねを連れ歩く自分を周囲の者たちが、物好きな馬鹿だという目で見ている気がしてならなかったのだった。

そして、女房にして二年が過ぎ、おたねの尻にあった矢でつけられた無数の痣がすっかり消えてなくなったころには、長吉はおたねの体を抱くことはなくなっていた。

おたねの体に飽き飽きしていたのももちろんだが、おたねのような頭の弱い子が生まれたらと思うと、ぞっとしたのだ。

おたねはおたねで、そんな長吉を詰ることもなく、自分から長吉の体を求めてくることもなかった。

『おれには過ぎた女房だ。こんな飲んべえのおれに、女房はなにひとつ愚痴もいわねえ』

酒量が多くなった長吉がいうその口癖は、ちょうどそのころからだ。

せめて、そうでも口にして自分に言い聞かせなければ、長吉は「やってられねえ」のである。

十四

富吉町の料理屋を出ると、降り続いていた小雨はいつの間にか止んでいた。

長吉は灯りが漏れている家の前で大きく息を吐いて、

（情けは禁物だ。首尾よくやらねぇとな――）

と、胸の内でつぶやいて戸口に手をかけた。

「あら、あんた。早かったのね」

戸を開けると、行燈（あんどん）のそばで縫物をしていたおたねが、のんびり腰を浮かせて間延（まの）びした声でいった。

「ご飯は？」

「いらねぇ……」

「そう」

おたねは行燈の前に座り直すと、また縫物の手を動かしはじめた。

居間にどっかと座った長吉は、何度も大きく長い息を吐きながら、

（一時の辛抱だ。なぁに、今夜さえ乗り切りゃ、やり直せるんだ……）

と、胸の内でつぶやいて背を向けたまま口を開いた。

「おたね――おれと別れてくれ」

が、おたねは、縫物の手を止めないでいる。

「聞こえねえのかっ。別れてくれっていってんだっ」

長吉は座ったまま向きを変えて、おたねを睨みつけるようにしていった。

おたねは、ようやく手を止めると、のんびりと顔をあげて長吉を見た。

長吉は、おたねが泣き出すのではないか、なにを言い出すのかと身構えた。

「………」

しかし、おたねは泣くことも何か言い出すこともなく、虚ろな目を長吉に向けているだけである。

（いってることがわからねぇのか――いや、いくらなんでもそこまで頭が弱くはねぇはずだ……）

長吉はいたたまれず、おたねから目を逸らして背を向けた。

と、少しして、

「あたし、いくね」

おたねは、そういうと、のっそりと立ち上がった。

「え？」

長吉は、一瞬、おたねが何をいったのかわからず、また向きを変えて、おたねを見た。

おたねは、土間に降りていこうとしている。

「ここは、あんたの家だから――」

履物をつっかけたおたねは、背を向けたまま感情のない声でいった。

「あたしが出ていかないと、あの人かわいそうだもの」

長吉は、はじかれたように思わず立ち上がった。

「この手拭い、道に落としたの、やっぱり、おめえだったのか？……」

おたねは、背を向けたまま、首を小さく縦に振った。

「じゃあ、おみちのことも、知ってたんだな？」

長吉がそう訊くと、おたねはそれには答えず、なにを思ったか長吉に向き直って、今度は無言のままゆっくりと深く頭を下げた。

ありがとうございました――そういっているかのようだった。

そして、そのまま戸を開けて姿を消した。

長吉は、腰が抜けたように、すとんと畳に尻もちをついた。

「なんだよ、こりゃあ……」

自分におみちという女がいたことを、頭が弱いと思っていたおたねは、とっくにすべて気づいていた。にもかかわらず、おたねは泣きもせず、別れないでくれと懇願することも文句ひとつつういうこともなく、いやそれどころか頭を下げて出ていった。

あたしが出ていかないと、あの人かわいそうだもの――そういって。

長吉がおたねを追い出したのではなく、自分がおたねに捨てられた気がした。

「勝手にしろいっ……」

自分でいった声が、だれかがいったように耳に届いた。

家の中は、不気味なほどの静けさに包まれている。

長吉は不意に地面が割れて、そのまま深い暗闇の中に吸い込まれていくような、たとえようもない心細さに襲われはじめた。

長吉は、その不安から逃れるように立ち上がると、戸棚を開けて一升徳利を取り出し、戸棚の上に置いてある茶碗を取ろうとして手を止めた。

茶碗を載せてある盆の横に、間抜けな顔をした張り子の虎に目がいったのである。

それは、いつだったかおたねを縁日に連れていったとき、なんにも欲しがらないおたねに苛立った長吉が、なんでもいいから欲しいものを買えというと、おたねが屋台に並べられていた張り子の虎を指さして「かわいい」といったので買い与えたものだった。

長吉が、その張り子の虎の頭をちょこんと指ではじくと、間抜けな顔をした虎が首を左右に振りながら、ゆらゆらと頭を上下に揺らしはじめた。

その様をぼんやり見ていた長吉は、

「こいつぁ、まるでおれみてぇじゃねえか……図体ばかりでかくて、中身は空っぽだ……」

と、か細い声でいいながら、込み上げてくる苦い笑いに口をゆがめた。

あれは、所帯を持ったばかりのころである。

相変わらず大飯食らいのおたねが、目をきらきらと輝かせて飯を食べているのを見ながら、長吉は皮肉を込めて笑っていったことがあった。

『おまえの飯代を稼ぐために、おれは馬鹿な人足連中に好き勝手な文句いわれても、へらへら笑ってあっちに頭下げこっちに頭下げしてんだぜ』

そういうと、おたねは申し訳なさそうな顔をして、飯を食う手を止めたのだった。

『なんだ、おめえでも遠慮することがあるのか。似合わねえからよしな。それに、おれはおめえがうれしそうに目ぇ光らせて飯を食ってる姿が、まんざら嫌いじゃねぇんだ』

おたねは、顔の肉に食い込んでいる小さな丸い目をうれしそうに輝かせると、

『食べていいの?』

といった。

『ああ、食え。食えるだけ食えよ』

そうなのだった——あのころ、長吉は勝三が死んでひとりで板場を賄い、肴の味がおかしくなったとずいぶん客たちに文句をいわれたものだ。

勝三から、客の顔は金と思え。文句は注文だと思えという教えをなんとか守り、へらへらと笑って、今後気をつけますと頭を下げどおしだったものだが、我慢にも限界というものがある。

もし、おたねを女房にもらっていなかったとしたら、自分は短気を起こしてとっくに「みよし」を辞めていたのではないか？　いや、きっと辞めていただろう——踏み止まることができたのは、大飯食らいのおたねがいたからなのだ。

「みよし」を辞めてたら、板前の腕がからきしな自分は、またもとの落ち着かない半端な野郎になり下がり、悪い仲間に入って身を持ち崩していただろう。

辞めなかったからこそ、おれは料理人だなどと見栄を張ることができたのだ。

取り引きしてやっている相手とはいえ、三次も八助にも好き勝手に愚痴を聞かせることができ、吠えることができたのだ。

おたねといたときは狭いと思っていたはずの居間がやたらと広くなったと思うと、長吉は酒を飲む気も失せてしまい、床に座って膝を抱えた。

（張り子の虎は、おれだ……それをおたねは、かわいいといった……）

厄介事が思わぬほどあっけなく終わったというのに、長吉はおみちの待つ家に駆けつける気にはなれなかった。

あれほど夢想していたおみちとの華やかな暮らしが、不思議なほどに色褪せて味気ないもののように思えてきたのである。

不意に男たちの声が錯綜して、聞こえてきた。

『おめえは命張ったことがあるのかよっ。てめえの力でモノにしたものがなにかあるのかっ』

（おれには、なんにもねえよ。辰つぁん、おれは命を張ったこともなけりゃあ、てめえの力でモノにしたものなんてなにひとつねえ……）

『身の丈に合ったものを持たないと、身を滅ぼすってことだ』

（親分、そのとおりかもしれませんねぇ。おたねと別れて、おみちと一緒になったところで、半年もすりゃ、おれが張り子の虎だってこたぁすぐに知れて、おれは、おみちに捨てられることは目に見えてまさぁね……）

『大切なものがなんだったのか失ったときにわかるんだが、そのときはもう後の祭りだ』

（伊佐治さん、あんたのいうとおりだ。だが、そうだっ。おれはあんたみたいにはなりたくはねえっ……）

長吉は立ち上がり、転げるようにして土間に降りて履物をつっかけると外に飛び出した。

闇に染まっている外は、初夏とは思えない寒さだったが、長吉には寒さなど感じている暇はなかった。

庄兵衛長屋のくぐり戸から大通りに出た長吉は、家路を急ぐ人や酔っ払いが往来する中をかき分けるようにして、おたねの姿を追った。

だが、おたねの姿はどこにもなかった。

（どこへいきやがったんだ。馬鹿野郎、おめえのいくところなんざ、どこにもありゃしねえだろうがっ……）

もしや、と思い、長吉は「梅本」がある富岡八幡宮のほうへと足を向けた。

長吉は相川町から富吉町へ続く通りを走り、油堀西横川にかかる福島橋を渡った。

そしてさらに中島町に入り、北川町と黒江町に続く八幡橋を渡ったところで、長吉は荒い息をしながらふと足を止めた。

（あいつが矢場に戻るはずがねえ。いくとしたら、親分の家にちげぇねえっ）

長吉とおたねは、重蔵の家で祝言の真似ごとをし、その席で重蔵はおたねにいったのだった。

『おたね、長吉は口は悪いが根はとても優しいいいやつだ。だから、多少辛い思いをさせられても我慢するんだ。だがな、どうしても、もう駄目だと思ったら、おれのところにこい。おれは、おまえの親も同然なんだからな』

おたねは、その言葉に笑みをこぼして、こくんと頷いた。

飯のこと以外で、おたねが感情を顔に出したのは、それ一度きりだ。

長吉はくるりと向きを変えると、六間堀を目指して北へ北へと走った。

万年町を過ぎ、正覚寺を通り越し、伊勢崎町に入り、さらに北上していった。

ようやく海辺大工町にたどりつき、小名木川に架かる高橋を渡って、常磐町、南森下町をまっすぐに北へ走る。弥勒寺橋が見えてきた。長吉は体中から汗が噴き出て、着物がぐっしょりと濡れ、息が切れそうなのもかまわず走り続けた。弥勒寺橋を渡って、さらに北へ走ると常磐町三丁目に入った。そして常磐町三丁目と林町二丁目の境の道を左に曲がり、山城橋の袂を右に曲がって少しいくと重蔵の家が見えてきた。

と、長吉は重蔵の家の板塀にある天水桶の陰で、うずくまっている女の姿が目に入り、足をぴたりと止めた。

（おたね……）

長吉は荒い息がおさまるのを待って、

「おい、どうした……」

と、かすれた声で、四年前と同じ言葉をおたねにかけた。

長吉の声におたねは、丸々と太った体を針で突かれたかのように、びくっとさせて顔を上げた。おたねの目は、あの朝方の矢場の「梅本」の前で、締め出しを食らったときと同じように異様に腫れぼったくなっていた。

「おめぇ、親分のところにいこうとしたけど、そうすりゃおれが親分に叱られるんじゃねぇかと思い直して家に入れなくなって、こんなところに身を隠して泣いてたんだろ」

そう訊いても、おたねはぼんやりした顔で長吉を見ているだけだった。

「おめぇ、腹ぁ、減ってるんじゃねぇか」

もう一度、やり直そう——そんな想いを込めたつもりだった。

しかし、おたねは、あのときと同じようにぱっと顔を明るくすることなく、首を横に何度も強く振った。

「そうか。だがな、おれは腹ぁ減ってるんだ。一緒に飯に付き合っちゃくれねぇか」

おたねは、一瞬、目に光を宿したように見えたが、すぐに疑うような目で長吉を見据えた。まるで一度捨てられた犬が、警戒しているかのように長吉には思えた。

「なあ、おたね。おれとおめぇはそのなんだ——そのぅ……そうだ、あれよ。割れ鍋に綴蓋(とじぶた)ってやつだ。どっちが欠けても料理はうまくできねぇ。だからよ、おめぇと別れるといったのは嘘っぱちだ。頼むから、戻ってきちゃくれねぇかい……」

長吉は泣き笑いのような顔をしていった。

おたねは、しばし何かをじっと考えるような顔をしていたが、

「あたしがいると困る人、いない？」

のんびりしたそのおたねの言葉に、長吉は胸をぐさりと抉られた思いがした。

（おたね、おめえってやつは……）

おたねは、おそらく小さいときから実家でも、そして矢場の「梅本」でも、いや長吉と所帯を持ってからも、自分がいると誰か困る人がいるのではないかと、ずっと怯えながら生きてきたに違いない。

長吉は、やるせなさと切なさで胸が締め付けられるようだった。

「そんなやつはいねぇよ。それにな、おめぇがいねぇと、家ん中が空っぽになっちまったようで、夏だってぇのに薄ら寒くて困るんだ……」

そういって、長吉は広げた両手をおたねに向けて伸ばした。

すると、おたねは顔をぱっと明るくさせると、その太った体をのっそりと鈍重な動作でぶつけるようにして、長吉の胸に飛び込んできた。

そして、長吉の胸に顔をうずめるようにして、

「あったかい……」

ぽつりとうれしそうにいった。

おたねを抱き締めながら長吉は、辰造に詫びを入れ、富吉町の料理屋「吉松」に口を利いてもらって使い走りからやり直そう——と思っていた。

「ああ、あったけぇ。あったけぇなあ。こうしてると、心ん中までぽかぽかすらぁ……」

いいながら長吉は、おたねと子供をもうけて、いつの日か小さな居酒屋を自分の力だけで持ち、命を張ってその店と家族を守っていこうと心に誓っていた。

（おれとおめえの子だ。頭のいい子なんぞできるわけがねぇが、よくいうじゃねえか。馬鹿な子ほどかわいいってよ……）

そう胸の内でつぶやいた長吉の頰に、目からあふれ出た涙がこぼれ落ちた。

そんな長吉とおたねの様子を、人の気配がして家から出てきた重蔵と辰造、それに定吉が気づかれないように見ていた。辰造は半刻ほど前に重蔵の家を訪れて、長吉がおたねと別れておみちと一緒になると告げ、自分とやり合ったことを伝えるためにきていたのだった。

「長吉のやつ、ようやく目が覚めたようだ。辰つぁん、あんたのおかげだよ。持つべきものは友だとは、よくいったもんだ」

重蔵は、おたねを抱き締めている長吉を目を細くして見ながらいった。

「よかったですね。親分、辰造さん」

定吉もうれしそうな顔をしていった。

「ああ。本当によかった。うん――」

辰造は、熱くなって潤みはじめている目に手を当てながらいった。

「あのふたり、本当の夫婦になるのに四年かかったかぁ、ふふ……」

重蔵のもとに、九兵衛を殺した新次に磔(はりつけ)獄門、新次に九兵衛を殺すように依頼したお清に死罪の裁断が下ったという知らせが届いたのは、それから一(ひと)月後のことだった。

第二話　めぐりあわせ

一

門前仲町の自身番に勤めている書役の幸助が、重蔵の家にやってきたのは数日前から若葉寒が続いていた卯月五日の朝だった。

「どうかしたのかい？」

定吉に促されて居間にやってきた幸助に、重蔵が訊いた。

「はい。『白木屋』のお内儀、お市さんが、もう三日も家に戻ってきていないから探して欲しいと主の徳右衛門さんが、今朝がた訴えてきたんです」

重蔵より三つ年下の三十八になる幸助が難しい顔をしていった。「白木屋」は紙問屋で、主の徳右衛門の内儀お市が後妻であることは、重蔵も噂で耳にしている。何度か道ですれ違っており、胸や尻など膨らむところは膨らんでいるが、ほっそりとした二十代後半の年増で、艶っぽい美人だ。旦那の徳右衛門もなかなかの男ぶりだが、確か五十に手が届くはずで、お市とはずいぶん年が離れている。

「行き先も告げずに出ていったのかい？」

重蔵が眉をひそめて訊くと、

「はい。そのようです」

幸助は困り顔をして、定吉が運んできた茶を手に取って、「ありがとう」と小声で礼をいった。

「ふむ。そりゃ、困ったことになったもんだな。わかった。まずは、『白木屋』の主にじかに会って詳しい話を聞いてみるとしよう」

重蔵は立ち上がり、

「定、いってくる」

といって、幸助とともに部屋を出ていった。

「白木屋」がある門前仲町は、裾継や裏・表櫓という深川三櫓が近くにあり、その他にも多く女郎屋や茶屋がひしめていていて艶めかしい雰囲気が、ふんぷんと漂っているにぎやかな町である。

その表通りに店を構える「白木屋」は、土蔵造りで間口七間、店蔵が三棟もあり、そのうしろが住まいになっていて、横丁に面して住まいの出入り口がある。

住まいのほうだけ塀で囲まれ、門から一歩足を踏み入れると、植え込みと玄関まで続いている敷石に水が打ってあり、広い庭の隅々にまで手入れが行き届いているのが見て取れた。

「お内儀のお市さん、三日も家に戻ってきていないそうですね」

重蔵は、「白木屋」の茶の間に通されて主の徳右衛門と向かい合って座り、お市のことを確かめた。庭が見える縁側の軒下には、等間隔に夏の風物詩である吊りしのぶが日光を避けるように飾られている。

「はい。そうなんです」

上等な紬縞の単衣に小倉の角帯、紺色羅紗の前掛けに白足袋を履き、ふかふかの座布団に座っている徳右衛門は、よほどお市のことが心配で、飯も喉を通らないのか、重蔵が記憶している徳右衛門とはまるで別人のように痩せていて、艶を失った暗い表情をして答えた。

「夫婦喧嘩をしたとか、だれかが呼びにきたとか、なにか心当たりはないんですかい？」

「それがまったくないのです」

「お内儀さんがいなくなったときの事情を聞かせてもらいましょうか」

重蔵が訊くと、徳右衛門はぽつりぽつりと暗い声で事情を話しはじめた。

三日前の夕七ツ半ごろ、お市は店を通って外に出ていった。店には客たちが数人いたが、お市は愛想よく客たちに挨拶をし、店に出ていた番頭の嘉平に、「ちょっとそこまで買い物に出てきます」と声をかけ、そのまま夜になっても戻ってこなかったのだという。

「お内儀さんの恰好は、普段着のままで？」

「はい」

「家から金を持ち出したりしていたというようなことは？」

「さて――買い物にいくと番頭にいっていたそうだから、自分の財布は持っていたと思いますが……」

「なにを買いにいったのか、見当はつきますかい？」

「さぁ……」

徳右衛門は神妙な面持ちで、首を傾げた。

「ああ、でも、あれですね、今訊かれて思ったのですが、うちは台所のものは女中にまかせていますから、なにか食い物を買いにいったということはないでしょうね」

「お内儀さん、なにか買いたいといっていたことはなかったんですかい」

「さて……とんと思い出せません――」

重蔵は言葉に窮して、しばし軒下に飾られている吊りしのぶに視線を移して考えを巡らせた。

「ところで、お内儀さんは後妻でしたね」

重蔵は、ふと思い出したように徳右衛門を見て訊いた。

「ええ、そうですが、どうしてそんなことを？」

徳右衛門は咎めるように、眉をひそめた。

「齢は確か二十代後半。旦那とはずいぶん齢が離れている――」

重蔵は構わず続けた。

「ええ、お市は確かに後妻で、わたしより二十三下です」

徳右衛門は、おもしろくないとばかりに口の端を上げて答えた。

「前のお内儀さんはどうなすったんです？」

「五年前に死にました。質の悪い風邪をこじらせて――」

「お市さんを後添えにもらったのは、いつです？」

重蔵が矢継ぎ早にお市のことについて訊きにくいことを訊くと、

「親分、そんなことまで答えなきゃならないんですかっ」

徳右衛門は憤然とした顔つきでいった。

「人探しのときは、できるかぎり知っておくに越したことはないんですよ」

重蔵はまったく動じない。

「三年前です」

徳右衛門は開き直り、不貞腐れた口調で答えた。

「前のお内儀さんとの間に子供はいましたよね」

「ええ。十九になる倅がひとりおりますが、倅は浅草の知り合いの紙問屋に奉公に出ております。いずれこの店を継ぎますから、修業させているんです」

「こんなことを訊くと、旦那は当然おもしろくないでしょうが、息子さんとお市さんの仲はどうだったんですかね？」

案の定、徳右衛門は一瞬にして目を吊り上げて、

「親分、いったいなにを訊きたいんですっ。息子との折り合いが悪くて、お市が家を出たとでもいいたいんですかっ？」

と、食ってかかるように前のめりになっていった。

「旦那、申し訳ない。しかし、さきほどからいっているように、ともかく手がかりになるようなことを探すためには、なんでも訊かなきゃならないもんなんですよ」

重蔵は落ち着き払って、諭す口調でいった。

「ですから、倅は奉公に出ていますから、滅多なことでは宿下りなんてしないし、わたしとお市が倅と顔を合わすのは藪入りのときくらいのものですからね。折り合いを悪くしようもありませんよ」

徳右衛門はいっそう気分を害して憤慨している。

「ということは、今年は一度しか会っていないわけですね」

俗に〝地獄の釜の蓋も開く〟といわれる藪入りは、厳しく仕事を仕込まれる奉公人や嫁入りした女たちが、新年の一月十六日とお盆の七月十七日の一日暇をもらい、実家に帰れる待ち遠しい日なのである。

「ええ、そうですよ。その日は倅もお市から小遣いをもらったり、お市の手作りのご馳走をたらふく食べさせてもらって、たいそう喜んでいましたよ」

「そうですかい。ところで、お市さんは、旦那の後添えになる前はどこでなにをしていたんですかね」

重蔵がなおも踏み込んだことを訊くと、徳右衛門はこめかみのあたりをいよいよぴくぴくさせて、

「お市は素性の怪しい女じゃありませんよ。身寄りこそないものの、富岡八幡宮境内の『尾花屋（おばなや）』に八年も勤めて、評判のいい女中でした。働き者で、浮いた噂もなくてね。それでわたしが見初（みそ）めて後添えにしたんですよ」

と、苦（にが）い顔をして甲走（かんばし）った声を出していった。「尾花屋」は、由緒ある茶屋として知られている名店である。

「お内儀さんの齢は二十七。ということは、『尾花屋』に勤めたのは十六——その前は、どこで働いていたんですかね？」

「そんな前のことまでは、知りませんよ」

徳右衛門は苦りきった顔をしていった。

「しかし旦那、夫婦ならそれくらいのことは、普通聞いているんじゃないですかい」

重蔵がなおも切り込むようにして訊くと、徳右衛門は気色ばんだ顔をして、

「わたしは、いなくなったお市を探して欲しいといってるだけで、昔のことをほじくり返してくれだなんて頼んじゃいません。『尾花屋』で働く前に、お市がどこでどうしていようと、どうでもいいじゃありませんか。その前のお市は、まだ子供ですよ

っ」

と、さらに甲走った声を出していった。

が、重蔵は故意にゆったりした口調で、

「徳右衛門さん、女の十六は立派な大人でしょう」

と、薄く苦笑していった。

（この徳右衛門という男、どうもなにか隠しているような気がするのは気のせいか……）

重蔵が胸の内でそうつぶやいていると、

「親分、あんたはまるでお市が神隠しにあったとでもいいたいようだが、神隠しなんていうのは子供があうことでしょう？」

と、土気色した顔でいった。

「大人だって、まあまあると聞いてますが、おれは神隠しなんてもんは信じていませんよ」

「それじゃあ、親分は、お市はだれかに連れ去られたと思っているんですか？」

徳右衛門の顔に焦りの色が広がっている。

「へい。連れ去った者からなにがしかつなぎがあるのが常ですが、どうなんです？」

「そんなものはありませんよ」

「となれば……」

重蔵が言い淀むと、

「なんです?」

徳右衛門は、座布団から腰を浮かせて、ふたたび前のめりになって顔に不安の色を広げて訊いた。

「自分から姿を消したとしか考えられないでしょう」

「わたしに愛想をつかして姿を消したとでもいいたいんですかっ」

「今のところ、おれにはなんとも答えようがないとしかいえません。徳右衛門の旦那、とりあえず、番屋にいって人相書きを作ってもらったらどうでしょう?」

重蔵は冷静な物言いでいった。

「親分は、お市を探す気はないんですね……」

徳右衛門は沈痛な色を顔に浮かべていった。

「探そうにも手がかりがこうもまるでないんじゃ、正直なところ動きようがありません」

重蔵は、包丁で大根をずばりと切るときのように、きっぱりいった。

「そうですか……」

徳右衛門は、すっかりうなだれている。

「それじゃ、おれはこれで失礼します」

重蔵はおもむろに立ち上がり、居間をあとにした。

二

またも奇妙な事件が起きたのは、重蔵が門前仲町の紙問屋、「白木屋」を訪ねた翌日のことである。

徳右衛門がお市の人相書きを作りにきたという話は、門前仲町の自身番屋の書役、幸助から聞いていないから、失せ人探しをする者に金を払って探させているのかもしれないと重蔵は思っていた。その矢先、深川佐賀町の中の堀に架かる中ノ橋の先で、杭にひっかかって浮かんでいる男の亡骸が見つかったと、今度は佐賀町の自身番屋の番人が知らせに重蔵の家にやってきたのだ。

重蔵は定吉に、八丁堀の千坂京之介に知らせにいけといい、先にひとりで大川端の空き地の現場にいくと、たくさんの野次馬の人だかりができており、亡骸がある場所に近づけないように自身番屋の番人たちが立ちはだかっていた。

「ご苦労さん」

野次馬たちをかき分けて前に進んだ重蔵が、見知った顔の若い番人に声をかけた。

「これは重蔵親分、お役目ご苦労さまです」

と、軽く頭を下げた。

重蔵が亡骸にかけられているむしろをめくると、亡骸の顔はぐしゃぐしゃに潰されて、どんな顔をしていた男なのか判別できないほどになっていた。おそらく石のような硬いもので何度も殴られたのだろう。

(これは、ひどいな……)

これまで散々、様々な亡骸を見てきた重蔵も思わず目を逸らしたくなるほど、悲惨なものだった。

だが、男の亡骸の顔はひどいものになっていたが、体は褌を身に着けただけの姿で他は傷もなく、殴られたり蹴られたりした跡もないきれいな体をしている。他に目についたものといえば、右首にこぶし大の小豆色をした痣があるくらいで、それほど水膨れしている様子ではない。

(体の強張り具合や、膨れ具合からすると、水に浸かってから、せいぜい一晩といったところだろう。だが、顔がこれじゃ、身元がわかるまでときがかかりそうだ。それにしても、どうしてここまで顔を殴りつけたのか……）

　男の土左衛門（どざえもん）をざっと検分した重蔵は、そう胸の内でつぶやいていた。

　なにか亡骸の身元の手がかりになるようなものはないか、あたりを探し回ってしばらくすると、千坂京之介を伴って定吉が走ってやってきた。

「親分、遅くなりました――」

　定吉は息を切らせているが、京之介は相変わらず涼しい顔をしている。一刀流の免許皆伝を持つ京之介は、おそらく今も毎日体を鍛えているのだろう。

「若旦那、仏を拝んで見てください。定、おまえも見てみな」

　重蔵がむしろをかけられている亡骸に目を向けていった。

「へい」

　京之介と定吉が亡骸に近づいていき、少しすると、定吉の「おえっ……」と吐く声が聞こえた。重蔵が目を向けると、定吉は亡骸のそばでうずくまり、苦しそうな顔をして胃の腑にあるものを吐き出していた。その定吉のそばに立っている京之介は、亡骸から目を逸らして所在なげに空を見ている。

「親分、あれはひでぇですね」

胃の腑にあるものを吐き終えた定吉は、まだ真っ青な顔をして重蔵のそばにやってきていった。

「ああ。目も当てられないってやつだろ」

「へい。顔をあれだけ殴って殺すなんて、よっぽど憎んでいたやつにやられたんでしょうね」

「それはまだわからない。殺したあとで、顔がわからないように石かなにか硬いもので何度も殴りつけたのかもしれない」

「でも、首を絞められた痕も、どこか刺された痕もありませんぜ」

「痕が残らないように殺す方法なんざ、いくつもあるさ。毒を飲ませるとか、眠り薬を飲ませて濡れた紙を顔にかけるとか――」

いつの間にか重蔵の近くにやってきていた千坂京之介が、抑揚のない口調でいった。

(ほぉ……)

重蔵は、京之介を目を細めて見ながら感心していた。そもそも重蔵に手札を与え、一人前の岡っ引きに育ててくれたのは、京之介の父である北町定町廻り同心の千坂伝衛門なのである。その伝衛門は六年前に病で亡くなったのだが、死期が迫っているのを悟った伝衛門は重蔵を八丁堀の役宅に呼び、別人のようにやせ細った体を夜具の上で起こして、枯れ枝のようになっている手で重蔵の腕を摑み、『重蔵、おれの最期の頼みだ。必ずや京之介を一人前の同心にしてくれ』といったのだった。

もちろん、重蔵は二つ返事で引き受けるといったものの、伝衛門の跡を継いで見習い同心から常勤の同心になった京之介は、町廻りを仮病を使って休もうとしたり、血を見るのが大の苦手だといって殺人事件が起きても重蔵に任せきりにするなどまるで自覚が足りなかった。しかし、定吉を下っ引きとして使いたいという申し出を重蔵が許したからなのか、近ごろ京之介は以前よりやる気を出すようになった気がしている。

そして重蔵が、はっとするような、なかなか鋭い意見を述べるようになり、やはり伝衛門の血を継いでいると感心することがたびたびあるようになった。

「若旦那のいうとおりだ。おい、この仏さんの着物や履物は、このあたりになかったのかね？」

野次馬が近づいてこないように見張っている自身番の番人に向かって、重蔵が訊いた。

「へい。このあたりにはなにもありませんでした」

番人は顔だけ向けて答えた。

「となると、殺されたのはこのあたりじゃないのか……」

　重蔵が大川に視線を向けていった。目の前に広がる大川は青空を映して青く澄んで、凪いでいる。その大川を多くの漁師の船が、「えっさ、えっさ」と威勢のいい掛け声とともに競うように走っていた。そうした漁師の船を〝押送り船〟といい、日本橋材木町の通称、「新場」という市場に魚を運んでいるのだ。魚の鮮度が落ちやすい夏の押送り船は、ことさら先を急ぐのである。

「どこかで殺したあと、身元がわからねぇように、身ぐるみ剝がして、大川に投げ入れたってことですかい？」

「そういったところだろう。しかし、なんだって、あそこまで顔を殴りつけたのか……」

　大川を見ていた重蔵はふたたび亡骸のところへ戻り、むしろを剝いで男の体の検分を丹念に続けることにした。すると、腕や首、顔のあたりの肌色が胸や太ももなど、着物で隠れている部分よりも日焼けしていることに気がついた。腕や太ももの肉が硬く張っていて、たいそう丈夫そうだ。

（この男、お天道さんの下で力仕事をしていた者だな――ん？　これは……）

　男の右肩に、手のひらぐらいの大きさの薄い痣のようなものが、重蔵の目に入った。触れてみると、そこだけ肌が硬くなっている。

「若旦那、定、この仏さん、右肩に胼胝がある。天秤棒担いで商いをしていたに違いない。三人でそれぞれ番屋廻りして、棒手振りがいなくなったという届けが出ていないか訊いてみよう」

そういって重蔵が立ち上がり、近くの番人に、「おい、この仏を番屋に運んでくれ」といったとき、土堤のほうから、痩せた小柄な年寄りの男が駆けつけてくるのが見えた。

「わたしは、今川町の吉兵衛長屋の差配をしている与平というものです。もしかすると、うちの長屋の者かもしれません。仏さんを見させてもらっていいでしょうか」

野次馬たちをかき分けるようにして近づいてきた、与平と名乗る人のよさそうな顔をした六十男が息を切らしながら、立っている自身番屋の番人に訊いた。

どうしたものでしょう、といいたげな顔をした番人が、重蔵たちに顔を向けた。

「見せてやってくれ。だが、顔はどこのだれだかわからないほど、ひどいもんになっちまっているが、気をしっかりもってくださいよ」

重蔵がいうと、与平はごくりと生唾を飲み込んで亡骸に近づき、覚悟を決めた顔をして、むしろを剥いだ。

「どうだい？」

重蔵が期待しないで訊くと、

「背格好といい、この首の痣、それに天秤棒を担ぐ者にできる右の肩の胼胝といい、この仏さんは、うちの長屋に住んでいる巳之吉に違いありません」

与平は顔色をなくし、吐きそうになっているのを我慢しているのだろう、顔を苦しそうに歪めながらも気丈にいった。

「その巳之吉って人は、なにを売って歩いている者かね？」

「はい。酒の量り売りをしていました。今朝からずっと姿は見えないし、商いに出た様子もないのでおかしいと思っていたんです。なにしろ、店賃もずいぶん溜めておりましたから、いつも気に留めていたんですよ。それで、どこかへ逃げたやもしれないと思って今朝がた、自身番に届けを出しにいったら、若い男の土左衛門が近くで上がったと聞いて、もしやと思って駆けつけた次第で……」

与平は悄然といった。巳之吉の歳は二十七で、ひとり身だという。

「この巳之吉って男は、酒売りの商いはうまくいってなかったのかい？」

「商いのことはよくわかりませんが、巳之吉は博打にのめり込んでいたという噂は耳にしていました。それで金に困っていたんでしょう……」

「巳之吉の家に案内してくれますかい？」

「はい。もちろんでございます」

　巳之吉の亡骸は、自身番屋に運ばせ、検死の役人に見てもらうことにして、重蔵たち三人は与平の案内で今川町の吉兵衛長屋に向かうことにした。


　亡骸が上がった場所から今川町の吉兵衛長屋までは、歩いてすぐだった。

「巳之吉の住まいは、ここでございます」

　与平に案内された吉兵衛長屋は十軒続きの棟割で、建物のすぐうしろは掘割に面していた。そして、巳之吉の住まいは、一番奥の総後架のそばだった。

「入っていいかい」

　重蔵が訊くと、

「どうぞ」

　与平は腰高障子を開けて、手を差し伸べて重蔵たちを家の中へ入るように促した。

　家に入ると、土間の水瓶の近くに酒を入れる樽がふたつと天秤棒が置いてあった。

「巳之吉は、昨日、商いから帰ってきてから殺されたようだな」

　重蔵はだれにいうともなく独り言のようにいった。

「親分、これを見てくれ」

部屋に上がった京之介が、隅に置いてある行李を指していった。

重蔵と定吉が草履を脱いで、京之介がいるところにいくと、行李の上に巳之吉が商いに出るときに着る衣服の一式が揃えて置かれていた。担ぎの酒の量り売りは、着物の裾をまくって、その下には股引きを履き、頭には頭巾をかぶる。酒が入っている樽に髪の毛が落ちるのをふせぐためである。

「親分、巳之吉は一度ここに戻ってきて着替えてから、どこかへ出かけて殺されたんじゃないのかな」

京之介がいった。

「へい。そうかもしれませんが、ここで殺されて裏の掘割に捨てられたとも考えられますね」

重蔵は着物の薄汚れた襟を確かめ、足袋の裏に土埃がついているのを見ながらいった。巳之吉が褌姿だったのは、堀の水にもまれているうちに着物が脱げたとも考えられると思ったのである。

「差配さん、長屋の人たちを集めてくれないか」

重蔵が振り返って、土間に立っている与平にいった。

「仕事に出ている者もいるでしょうが、今いる者たちに集まるようにいってきます」

「頼む」

少しして巳之吉の部屋を出ると、部屋の前に吉兵衛長屋の連中が集まっていた。重蔵はまず、昨日の巳之吉の姿を見た者がいないか尋ねた。

すると、昨日、巳之吉が商いになん刻ごろに出ていったのかを知っている者はいなかったが、帰ってきたところを見ていた者がいた。巳之吉の向かいに住む今川町と永堀町に架かる松永橋の今川町寄りの袂近くにある一膳飯屋、「田村」で料理人をしている清三という男で、昨日の夕方六ツに天秤棒を担いだ巳之吉が戸を開けて部屋の中に入っていくのを見たという。

「巳之吉は、いつもそのころに帰ってくるんでさぁ。おれも毎日だいたいその時刻に店から帰ってくるんで、巳之吉の姿は今までも何度もその時刻に見かけてますよ」

巳之吉よりひとつかふたつ年上に見える清三がいった。

「巳之吉の隣に住んでいる人はいるかい？」

集まってくれた長屋の住人に向かってふたたび重蔵が訊くと、巳之吉の部屋の隣に住む大工の女房だという四十がらみのおかみさんが、恐る恐る手を上げた。

「昨日の夜、巳之吉の部屋からだれかと言い争う声は聞いてないかい？」

裏店は壁が薄いから、くしゃみする音さえ聞こえるのだ。重蔵は巳之吉を部屋で殺し、長屋のうしろの掘割に投げ捨てたのは、博打で借金をこさえた巳之吉に取り立てにきた者たちかもしれないと考えたのである。

「いやぁ、聞いてませんねぇ。巳之吉さんは、ひとり身だったし、だれかが訪ねてくるなんてこともなかったから、いつも静かなもんでしたよ」

大工の女房は、昨夜のことを思い出しているのだろう、しばし遠くを見るような目をして答えた。そして、差配の与平によると、巳之吉が吉兵衛長屋にやってきたのは、一年ほど前だという。

「そうかい。ありがとよ。またあとになって訊きたいことが出てくるかもしれないが、今のところはもうみんな家に戻ってもらって結構だ」

重蔵がそういうと、長屋の連中はそそくさとそれぞれの家に戻っていった。

「定、巳之吉は博打にのめり込んでいたと、差配の与平さんがいっていただろ」

「へい。どこの賭場(とば)に出入りしていたか調べろってんですね」

「ああ、察しがいいな。巳之吉は、賭場の借金がらみで殺されたのかもしれないからな」

定吉は下っ引きになって、まだ間もないが、勘働きがいい――重蔵はわが子を見る男親のように、定吉を目を細めていった。

「親分、おれはなにをすればいい？」

「若旦那に下調べをしてもらうわけにはいきません。細かい調べは、おれと定がやりますんで、それが終わるまで若旦那はのんびり構えていてください」

「親分はなにを調べるんだい」

「巳之吉が吉兵衛長屋にくる前、どこでなにをしていたのか調べようかと――」

「どうやって？」

「へえ。巳之吉に天秤棒と樽一式を貸して、酒の仕入れなんかを世話している親方を探し出せば、きっとなにかわかるはずです」

棒手振りで商いをはじめようとする者は、商いに必要な道具一式を借り、売り物の仕入れ先を親方に紹介してもらうのだ。その場合、親方は売り上げからある程度の手数料をとるのだが、真面目に働き、金を貯めた者は親方から商い道具一式を買い取り、売り物も自分で仕入れるようになる。そうなるには、早くて三年かかるといわれている。

巳之吉は、吉兵衛長屋に住むようになって一年で、博打にのめり込んでいて店賃を溜めていたと差配人の与平がいっていたから、まだ商いの親方の世話になっていただろう。その親方は、おそらく巳之吉について長屋の者より詳しいことを知っているに違いないと重蔵は見当をつけたのである。

三

今川町の棒手振りたちの面倒を見る親方は、勝五郎という五十男で、重蔵が訪ねていくと、読みどおり、巳之吉に商い道具一式を貸しており、酒の仕入れ先を紹介していたという。

「巳之吉が中ノ橋の袂の掘割で浮かんでやがったんですかいっ⁉……」

富田町と通りを挟んだ今川町のはずれにある一軒家の居間で、重蔵と向かい合っている勝五郎は驚き、目を見張っていった。勝五郎は、でっぷりと太った髭面で、一見するととっつきにくそうに見えるが、話をしてみると見た目とは違って面倒見のよさが伝わってくる男だった。

「親方、その巳之吉ですが、酒の量り売りの前はなにをしていたのか知っていますかい？」

重蔵が訊くと、

「ああ。なんでも、巳之吉の在所は板橋宿で、『鶴屋』といったかな、そんな名の旅籠の跡取り息子だったと自慢していたことがあったな」

と、勝五郎は顎髭をしごきながら答えた。板橋宿は、東海道の品川宿、甲州街道の内藤新宿、奥州・日光街道の千住宿と並ぶ江戸四宿のひとつとして栄えている場所である。

「そんな栄えている板橋宿の旅籠の跡取り息子が、なんでまた江戸の、しかも裏店に住んで酒売りをすることになったんですかね」

「うむ。一度、巳之吉と酒を飲んだことがあったんだが、やつは博打好きで、うんと借金こさえて旅籠を地元のやくざに借金のかたに乗っ取られたらしい」

「それで江戸に流れてきたっていうことですかい」

「ああ、親不孝な野郎だよ。おとっつぁんは、ずいぶん前に死んだらしいが、おっかさんは死ぬまで泣いて暮らしていたらしいぜ」

「おっかさんも一緒に江戸にきたんですかい？」

「いや、板橋宿で死んだらしい。で、ひとり身になったんで故郷を捨てて、江戸にきたっていってやがったよ」

「親方、商売道具を貸すのに請け人がいるだろ。巳之吉の請け人はだれですかね？」

「『白木屋』の旦那だよ」

勝五郎はすんなり答えた。

「え?――『白木屋』って、門前仲町の紙問屋の『白木屋』ですかい?」

重蔵は奇妙な偶然に虚を衝かれた思いだった。

「うむ。『白木屋』の主の徳右衛門の父親の在所が板橋宿で、巳之吉の父親と懇意にしていたってぇ話だ。それにしても、徳右衛門てぇ人は面倒見のいい人だぜ」

「というと?」

「巳之吉は、そもそも怠(なま)け者で、真面目に商いなんてしねぇんだが、酒を売り残したためしがねぇんだよ。で、おかしいなと思って巳之吉に訊いたら、売れ残った酒は『白木屋』がぜんぶ買ってくれるんだそうだ」

「いくら同郷のよしみとはいえ、度が過ぎてませんかね」

重蔵は、納得がいかないとばかりに首を傾げて訊いた。

「ああ。だから、おれも、巳之吉に、おめぇ、『白木屋』の主のなにか弱みでも握ってやがるのかと訊いたことがあるんだ」

「そうしたら、巳之吉はなんて?」

勝五郎は顎髭をしごきながら、

「薄ら笑いを浮かべてなにも答えなかったよ。だが、なにか弱みを握っていたこたぁ、間違いねぇと、おれは睨んでたがね」

といった。

（おそらく、親方のいうとおりだろう。巳之吉は、徳右衛門の弱みをなにか握っていたに違いない。となると、徳右衛門が巳之吉を殺したのだろうか？　ありえないことじゃない。しかし、あれだけの大店の主だ。莫大な金を要求してきたというのなら浪人かやくざ者を雇って殺すということもあるだろうが、果たして巳之吉はそんな大金を要求したのだろうか？　そもそも、それだけの弱みがあるとしたら、どんな弱みだというのか？　わからない……）

重蔵がうつむき加減になって考えを巡らせていると、

「親分、えれぇ考え込んでいるみてぇだが、おれのいったことになにか心当たりがあるのかい？」

と、勝五郎が訝しそうな顔をして訊いてきた。

「実は――」

そこまでいって、重蔵は口をつぐんだ。「白木屋」の主、徳右衛門の後妻お市が姿を消して四日になること。そのことと巳之吉が殺されたことや巳之吉が「白木屋」の弱みを握っていることとなにか関係があるのではないかと、ふと思ったのだが、果たしてそんなことを勝五郎にいっていいものかどうか迷ったのである。

「親分、実はなんでぇ？」

勝五郎は興味津々（しんしん）という顔をしている。

「親方、ここだけの話にしてもらえますかい？」

「ああ、わかった」

「『白木屋』の徳右衛門のお市という後妻が、実は四日前から姿が見えなくなったんですよ」

「ほう、それで？――」

勝五郎は、顎髭に当てていた手をやめ、身を乗り出して訊いてきた。

「巳之吉が殺されたのが昨日です。なにか関係がありはしないかと、ふと思ったもので――」

今度は、勝五郎が考えを巡らす顔になって、空を睨んでいる。

「ま、おれの考え過ぎかもしれないが……」

重蔵がいうと、

「巳之吉が殺されたこととその後妻が姿を消したことはなにか関係あるのか、おれにはさっぱりわからねぇ。だが、もしも、そのお市って後妻が巳之吉に殺されていたってのなら、『白木屋』の主が巳之吉を仕返しで殺すってことは十分考えられるんじゃねぇかい？」

と、空を睨んでいた勝五郎が重蔵に顔を向けていった。

「親方、あんた岡っ引きになれそうだね」

重蔵は真面目な顔をしていった。お市が殺されているかもしれないという考えは思い浮かばなかったのだが、もしかするとそんなこともあるかもしれないと思ったのである。

「親分の前で、つい調子にのっちまったな。忘れてくれ」

勝五郎は頭を掻いていった。

「いや、親方、案外そういうことかもしれない気がしてきたよ。世の中には、三つの坂があるというじゃないか。上り坂に下り坂、そして、〝まさか〟って坂が――じゃ、親方、おれはこれで失礼しますよ」

重蔵が腰をあげると、

「女房が出かけてるもんで、なにもかまわねぇですまなかったな」

勝五郎がいった。

「とんでもない。話が聞けてよかった。じゃ」

重蔵はそういって、勝五郎の家をあとにした。

四

勝五郎の家を出た重蔵は、自分の家に向かって歩いていると、家の近くの道で思わぬ者と出くわした。六十近い「白木屋」の番頭の嘉平だった。

「重蔵親分、いいところでお会いできました」

嘉平は実直そうな男である。

「おれに用があったのかい？」

「はい。旦那さまの使いで参りました」

「なんだい？」

重蔵は眉をひそめた。

「はい。お市さまがお戻りになったので、親分に伝えてきてくれとのことでございまして」

嘉平は満面に笑顔を浮かべて手を揉んでいった。重蔵は一瞬呆気（あっけ）に取られた顔になった。ついさっき、勝五郎が、お市は巳之吉に殺されて、その仕返しで徳右衛門が巳之吉を殺したということも考えられるといい、その疑いもなくはないと重蔵も思ったのだが、その考えがいともたやすく崩れたのである。

　が、重蔵はすぐに平静を装って、

「そりゃよかった。いつ戻ってきたんだい？」

　と笑顔を作っていった。

「今朝がた、ひょっこり戻られまして――」

「番頭さん、お市さんはいったいどこでなにをしていたんだい？」

「さて――詳しい事はなにも聞いておりません」

　嘉平は困り顔をしている。

「お市さんにじかに会って話が聞きたい。一緒に『白木屋』にいこう」

　重蔵がいうと、嘉平は戸惑った顔になった。

「どうした？　おれがいっちゃまずいことでもあるのかい？」

「いえ。そういうわけでは……」

「顔にそう書いてあるが――」

「はぁ。旦那さまは、お市さまが戻ったことだけ親分に伝えて、すぐに店に戻って仕事をしろといわれていたものですから……」

「おれにきてもらっては困るとは、いってないんだろ」

「はい。それはそうなのですが――」

「それじゃあ、いいじゃないか」

重蔵はそういうと、番頭の嘉平を置いてけ堀にするようにしてすたすたと足早に「白木屋」を目指して歩き出した。


「お内儀のお市さん、帰ってきたそうですね」

茶の間に通され、徳右衛門と向き合って座るなり、重蔵が訊いた。

「はい。大変、ご迷惑をおかけしまして」

徳右衛門は深々と頭を下げた。

「おれはなにもしてないよ」

重蔵が苦笑いを浮かべていうと、顔を上げた徳右衛門は笑顔を浮かべていたが、相変わらず顔色はよくない。

「ところで、徳右衛門さん、つかぬことを訊くようだが、吉兵衛長屋に住んでいた巳之吉って酒売りを知っていなさるね？」

重蔵が訊くと、

「え？　ああ、はい……」

徳右衛門は虚を衝かれたのだろう、狼狽して答えた。

「今朝がた、仏になって中ノ橋近くの川に浮かんでいたことは知っていなさるかね？」

「み、巳之吉が殺されたんですかっ?!」

もともと顔色のよくない徳右衛門は、さらに顔色を悪くして目を大きく開いて驚いている。

(徳右衛門のこの驚きようは、芝居なのか、それとも本当なのか……)

重蔵は胸の内でそうつぶやきながら、

「おれは、殺されたとはいってないが——」

重蔵がたしなめるようにいうと、

「だって今、仏になって川に浮かんでいたといったじゃないですか」

徳右衛門は声を震わせていった。

「へい、まあ——それが顔がひどく潰されてましてね。おれは、巳之吉を恨んでいる者が殺ったんじゃないかと思っているんですが、心当たりはないですか？」

「どうしてわたしにそんなことを訊くんですか」

徳右衛門は、あきらかにたじろいでいる。

「どうして？――巳之吉が酒を売る商いをする際に、あんたが請け人になったおかげで、巳之吉は今川町の棒手振りの親方から道具一式を借り、酒の仕入れ先を紹介してもらうことができたと聞いている。それだけじゃない。巳之吉の売れ残った酒をほぼ毎日買い取ってやっていたそうじゃないか。そこまで親しくしていたんだ。巳之吉からいろいろ聞いているんじゃないのかい？」

重蔵は、どんな表情の変化も見逃すまいと、じっと徳右衛門の顔を見つめて訊いた。

「巳之吉とは、そんなに親しいというわけじゃありませんよ。わたしのおとっつぁんと巳之吉のおとっつぁんが同郷で、請け人がいないと商いができないと泣きついてきたんですよ。それで仕方なく請け人になったんですが、巳之吉はそれに味をしめたんでしょう。今度は酒が売れ残ったから買い取ってくれと言い出しましてね。まぁ、毎日買い取ってやったところで、たいした金じゃなし、奉公人たちにその酒を飲ませて、一日の疲れを癒してもらうのも悪くないと思って買い取ってやっていただけのことです。そんなわけで、商い以外のことで、巳之吉になにかしてやったことなんかありませんよ」

徳右衛門は突き放すような言い方をした。

（徳右衛門が巳之吉によくしてやっていたのは、弱みを握られていたからじゃないのか……いや、今、徳右衛門がいったことはただの方便かもしれない。それにお市が殺されなくても、巳之吉が徳右衛門の弱みを握っていて、莫大な金を要求していたとしたら、徳右衛門には巳之吉を殺す動機は十分あるではないか……ここはひとつ、かまをかけてみるか――）

重蔵は徳右衛門の顔を窺うように見つめて、

「徳右衛門さん、また、あんたを怒らせるだろうが、昨日、つまり巳之吉が殺された日の暮れ六ツ以降、どこにいなすったか教えてもらえないかね」

と訊いた。

すると、徳右衛門は小馬鹿にしたように薄ら笑いを浮かべて、

「親分、わたしが巳之吉を殺したとでもいいたいんですか？　昨日の夜はずっと店にいて、番頭の嘉平と帳簿をにらめっこしていましたよ。なんなら嘉平を呼んで確かめましょうか？　いや、嘉平だけじゃなく、他の奉公人も呼んで確かめたらどうです。ああ、そうだ。昨日は、医者の良庵先生もきておりましたよ。このところ、わたしは体調を崩していましたから診てもらいにきていただいたんです」

と滑らかな口調で答えた。

「そうですかい。ま、昨日のことは、あとで確かめさせてもらいましょう。それじゃ、話を戻して――お内儀さんが帰ってきたときの様子を聞かせてもらいましょうか？」

重蔵が訊くと、

「様子もなにもありませんよ、親分――今朝がた、買い物に出た女中のお菊（きく）が、店のほうに歩いてくるお市を見つけたんですよ」

徳右衛門は笑顔を浮かべたまま続けた。背後に陽の光を受けて現れたお市を見たお菊は、驚いて思わず抱えていた野菜を手から落としたという。そして、呆然（ぼうぜん）としているお菊にお市は、『落としちゃもったいないじゃないの』といって拾い上げ、お菊と一緒に店に入ってきたときも平気な顔で、『ただいま帰りました』と、徳右衛門にいったというのである。

「親分、やっぱりお市は神隠しにあったんですよ。だってね、本人は四日も家に戻ってこなかったなんて思ってないようなんです。買い物にいって、今戻ってきた気持ちでいるんですから」

なんともおかしな話だが、徳右衛門はそうは思っていないのか、それともお市が戻ってきたことのほうがよほどうれしいのか、心から喜んでいるふうである。

「徳右衛門さん、お内儀のお市さんが神隠しにあったと本気で思っていなさるんですかい？」

重蔵は窺うように徳右衛門の顔を見て訊いた。

「だって親分、ほかに考えようがないじゃないですか。神隠しでないとしたら、お市は四日もの間、どこにいたっていうんです？　どうしてあんな平気な顔をして帰ってきたというんですか？」

「さあ、それはおれにもわかりません。お内儀さんは、今どうしていなさるんです？」

「ひどく疲れたといって、奥の間に寝ていますが」

「じかに本人の口から、どこでなにをしていたのか聞きたいんですがね」

「今ですか」

徳右衛門は気が進まない様子だった。

「せっかくきたんです。顔を見ないで帰ってくれっていうんですかい」

重蔵が訝しそうな顔をしていうと、

「しかし親分が訊いても、お市はなにも覚えていないと思いますよ。わたしもいろいろ訊いてみたんですが、何を訊かれているのかわからないという顔をしていましたから――」

徳右衛門は戸惑った顔をしている。

「おれは、そもそも神隠しなんてもんは信用していないんですよ。とにかく寝ているところ、悪いが、ちょいと会わせてもらいたい」

重蔵が強引にいうと、

「わかりました。では、起こしてまいります。ですが、あまり無理強いしてしつこく訊かないと約束してください」

徳右衛門は顔をしかめてそういうと、茶の間から出ていった。

そして、少しすると、お市を伴って徳右衛門が茶の間に戻ってきた。お市の顔は通りすがりに見たことが何度かあったが、今茶の間に入ってきたお市は重蔵には別人のように見えた。疲れていると徳右衛門はいったが、確かにお市の目は落ちくぼみ、げっそりとやつれて見える。血色もよくなく、なにかに取りつかれていたように見えなくもない。

「お内儀さん、四日もの間、どこにいってたんですかい?」

重蔵はいきなり切り込んだ。

「どこにって……わたしは、買い物にいっていました」

徳右衛門の隣に悄然と座っているお市は、戸惑った顔をしてつぶやくようにいった。

「四日も、どこに買い物にいっていたんです？」

「うちの人にも同じことを訊かれたんですけど、なにも覚えていないんです……」

お市は、うつむいて答えた。

「では、なにを買ってきたんですかい」

「………」

お市はどういうわけか、体を固くさせて、ぎゅっと手を握り締めている。怯えているように見えるのは、気のせいだろうか。

「それも覚えていないんですかい」

重蔵は、お市を探るような目つきで訊いた。

「親分、もうよしてくださいっ」

徳右衛門は立ち上がり、我慢ならぬとばかり喚くように言い放ち、なおも続けた。

「お市はこうして無事に帰ってきたんです。もう親分になんのかんのと調べられるいわれはないっ。さ、帰ってください。無理強いはしないで欲しいといったじゃありませんかっ」

そういきり立って大声を出した徳右衛門だったが、言い終えると急に咳き込んで、ふらふらしだし、そのまま座布団の上にすとんと腰を落とした。

「旦那さま、大丈夫ですかっ」

お市は慌てて徳右衛門に寄り添って、背中を懸命にさすりはじめた。

「ああ、大丈夫だよ……親分、さ、お帰りください……もう、お市のことは放っといてください……」

徳右衛門は苦しそうに顔を歪め、咳き込みながらも懸命に怒鳴るようにいった。

「これはどうも失礼しました」

重蔵は徳右衛門に体調を悪くさせてまで居続けるわけにもいかず、立ち上がって茶の間をあとにした。

そして、番頭の嘉平と女中たちに、巳之吉が殺されたと思われる昨日の夜、徳右衛門はどうしていたかと訊いてみたが、徳右衛門が答えたことと同じことをいい、口裏を合わせているようには見えなかった。

(だが、徳右衛門もお市もなにか隠している気がしてしょうがない。いったい、なにを隠しているんだ……)

門を出た重蔵は、徳右衛門の立派な住まいを改めて眺め、胸の内でつぶやきながら、近くの町医者の良庵を訪ねた。そして同じことを訊いたが、確かに昨日の夜は体調を崩した徳右衛門の体を診たといった。ということは、巳之吉殺しは徳右衛門ではないということになる。

五

その夜、重蔵と京之介、定吉の三人は晩飯を食いがてら、居酒屋「小夜（さよ）」の二階で知り得たことを話し合った。いつもは、一階の小上がりで客たちと一緒に飲食するのだが、事件について話すときは、小夜の住まいになっている二階の一室を貸し切りにしてもらっているのだ。

重蔵に、殺された巳之吉がどこの賭場に出入りしていたのかを調べろと命じられた定吉は、巳之吉が入り浸っていた賭場は、寺裏と呼ばれている冬木町（ふゆきちょう）にあるしもた家だったことを突き止めたという。

「巳之吉は負けが込むことが多かったんですが、借金をしても返す期日は守っていたそうで、取り立てが長屋にいったことはないそうです。不思議に思って、胴元が訊いたら、おれにはいい金づるがいると薄ら笑いして答えたそうですよ」

と、定吉はいった。

「その金づるは『白木屋』に違いないな。で、定、巳之吉は多いときはいくらくらい借金してたか聞いたかい？」

重蔵が猪口を口に運びながら訊くと、

「へえ。それが聞いてびっくりでさぁ。ていうのも、多いときは三十両以上も胴元に借りて博打をしてたってんです。しかも、そんな大金を借りたのも、一度や二度じゃねぇってんですよ」

「そいつは、たまげたな」

さすがに重蔵も驚いて、猪口を口に運ぶ手を止めていった。

「となると、いよいよ徳右衛門が怪しくなってきたな」

京之介はいつものように酒は飲まずに、初夏に売り出される新茶を飲みながら、今が旬の鰻の蒲焼を飯の上にのせた丼を食べていた手を止めていった。

「おれもそう思います。親分、巳之吉が金づるの『白木屋』の徳右衛門にしょっちゅう大金をせびってくるもんで、いくら金持ちの徳右衛門でもさすがに業を煮やして殺すことにしたんじゃねぇんでしょうか？　殺された日の夜、徳右衛門は店にいたってぇことですが、番頭や奉公人たち、それに医者だって金を使えばいくらでも口裏は合わすでしょう」

　定吉が手酌で猪口に酒を注ぎながらいった。重蔵と定吉の飯台には、冷やし茶碗蒸しや今が旬の鮎の塩焼き、山菜の和えものが置かれ、ふたりはそれらを肴に酒を飲んでいる。

「いや、徳右衛門なら自分の手を汚さずに、ならず者に金をたんまり渡して、巳之吉を殺したんじゃないかな。そうすりゃあ、店にいることもできるからね」

　京之介が飄々とした口調でいった。

「へい。おれもその線が強いんじゃないかと思いましたが、どうもひっかかるんですよ」

　重蔵が首を傾げていうと、

「てぇと？」

「なんだい、親分」

　定吉と京之介が同時に訊いた。

「ならず者に巳之吉を殺せと頼んだとして、どうしてあんな殺し方をさせたんですかね」

　検死した役人の話では、毒を飲まされた形跡はなかったという。しかし、顔が判別できないほど殴りつけて殺すというのは、これまでいやというほど殺しの事件を扱ってきた重蔵も見たことがないやり方だった。

「どうして顔をあんなに潰したかってことですか？　そりゃ、身元がわからねぇようにするためじゃねぇんですか？」

「うむ。おれもそう思う」

「そうかもしれない。だが、おれがひっかかっているのは、それだけじゃない。当て推量といわれれば、それまでだが、巳之吉殺しと徳右衛門の女房のお市の神隠しは、ただの偶然とはどうも思えなくてね。このふたつの変事は、なにか繋がっている気がしてしょうがない。そして、その鍵を握っているのは、徳右衛門だとおれは睨んでるんだ」

「親分の勘てやつかい」

京之介が合いの手を入れるように訊いた。

「へい。そもそもおれは、神隠しなんてもんは信じちゃいないし、お市は自分から姿を消したんじゃないかとおれは睨んでるんです。しかし、徳右衛門が、お市は神隠しにあったんだと言い張るのはどういうわけなのか？——やつは、なにかを隠しているに違いない。それがなにかわかれば、すべての謎が解ける。おれはそう見立ててるんですよ……」

重蔵が言い終わり、最後の酒をあおったとき、襖が開いて小夜が盆にかき玉汁を三つ載せて運んできた。

「そろそろ、おつもりでしょ。〆に、みなさんのお好きな、かき玉汁、お持ちしました」

小夜はそういって、ひとりひとりの前に置いた。かき玉汁は、その名のとおり、卵を溶いただし汁に水溶き片栗粉を入れてとろみをつけ、そこに三つ葉や薬味ねぎなどを入れた汁物である。

「ほんとに女将さんは気が利くなぁ——あれ？　女将さん、親分の椀だけ卵、多くねぇかい？」

定吉が自分の前に置かれた椀と、隣に座っている重蔵の椀、そして向かい側の京之介の椀を覗き込むように見ていった。

「あら、ほんとだ。でも、たまたまですよ」

小夜は、ふふふと顔をほんのり赤らめている。

「かき玉汁だけに、たまたまなんて、女将、しゃれのつもりかい」

京之介は形のいい唇の片方を上げて、皮肉な笑みを浮かべている。

「実はね、卵の中に黄身がふたつ入ってたのを、年かさの親分にお出ししたんですよ」

「ああ、たまにそんなことあるよなぁ」

重蔵はまるで頓着なくいった。

「あら、親分もだじゃれをいうことあるんですねぇ」

小夜は、けらけら笑っている。

「笑い声を立てるほど、おかしいかね」

京之介は呆れ顔をしている。

「女将さんは、親分が箸を落としただけで笑うんじゃねぇんですか」

定吉は意味ありげににやにやしていった。

「なに馬鹿なことをいってるんだ」

重蔵が定吉を軽く睨むようにして、かき玉汁の椀を持ったときだった。

「あっ――」

重蔵はなにを思ったか椀を見ながら、小さな声を発した。京之介、定吉、小夜がいっせいに重蔵に注目した。

「なにかおかしな物が入っていましたか?」

小夜がおどおどしながら、重蔵の隣に寄り添うようにして座り、かき玉汁の椀を覗き込んだ。

「いや、そうじゃない」

重蔵はやけに真面目な顔をしてそういうと、持っていた椀を飯台に置き、

「確かめたいことを思い出した。これから出かけてくる。若旦那と定は、ゆっくりしててくれ」

といって立ち上がった。

「親分、おれもいきます」

定吉が立ち上がった。

「いや、いい。おれひとりのほうがいいんだ」

「親分、いったいなにを確かめにいくんだい？」

京之介は、訝しい顔で重蔵を見ている。

「それもまたあとで話します。じゃ――」

重蔵はそそくさと部屋を出ていった。残された京之介と定吉、小夜の三人は困惑した顔つきで、それぞれの顔を見合わせていた。

小夜の店から外に出ると、明るい月が夜道を照らしてくれていた。重蔵の気持ちは

逸り、六間堀を南に下って今川町の自身番屋を目指して駆け出した。

六間堀町から北六間堀町、深川元町を過ぎて小名木川までくると右に曲がり、万年橋を渡って清住町を通り過ぎて長い黒塀が続く旗本屋敷の先の上ノ橋を渡れば、佐賀町に入る。仙台堀沿いの佐賀町の隣町が巳之吉が住んでいた吉兵衛長屋がある今川町である。

重蔵は自身番屋に飛び込むと、番太郎に人相書きを呼んでこいと命じ、その足で吉兵衛長屋に向かってまた走り出した。

吉兵衛長屋に着くと、とっつきの住民に木戸を開けてもらい、巳之吉の隣に住む大工の富吉とおさん夫婦、それに向かいに住む清三を起こして、一緒に自身番屋に連れていった。

「巳之吉がどんな顔だったかいえって、いってぇどうするつもりで？」

大工の富吉が眠そうな顔をしていった。すでに絵師はきていて、紙と筆を手にしている。

「いいから、早いとこ、いうんだ。まず、顔は長いのか横に広いのか？」

重蔵は苛立ちながら訊いた。すると、富吉とおさん、それに清三たちが、ああでもないこうでもないと髪型や目鼻立ちを話しはじめ、少しずつ人の顔ができあがっていった。

絵師の描く顔を穴があくほどにじっと見つめている重蔵の顔が、次第に険しいものになっていく。重蔵はじりじりしながら、人相書きができあがるのを見守った。

「――よし、できた。その巳之吉って人は、こんな顔かな」

重蔵とおっつかっつの歳で総髪の絵師が、紙に描いた顔を富吉とおさん夫婦、清三に見せた。

「うんっ、よく似てる。そっくりだっ」

三人とも、しきりに感心しているが、重蔵は険しい顔をしたままだ。

（間違いない。やっぱり、そうだったかっ――）

重蔵はそう胸の内でつぶやき、

「みんな、こんな夜更けに呼び出したりしてすまなかったな。だが、これで巳之吉殺しの下手人がわかりそうだ。これは、おれがいただいていく」

といい、絵師の描いた巳之吉の人相書きを折りたたんで、大事そうに懐（ふところ）に収めた。

六

二日後の昼四ツ——。

「白木屋」の広い茶の間に、徳右衛門とその隣にお市が座っており、重蔵を真ん中に京之介と定吉が両側に座って対峙するように向き合っていた。

「今日はまたお三人さんもお揃いでなに用でございますかな」

徳右衛門が口火を切った。相変わらず顔色はひどく悪いが、ゆったりとした物言いで余裕が感じられる。

だがその一方、隣にいるお市は蒼白な顔をして、怖いものから目を逸らすまいとしているかのように、向き合っている三人をまっすぐ見つめている。膝に置かれた手は、強く握り締められている。

「徳右衛門さん、お内儀さんが帰ってきてからというもの、余裕しゃくしゃくですね。だが、その余裕もこれから話すことを耳にして保っていられるかどうか——」

重蔵が冷笑を浮かべていった。

「親分さん、わたしは忙しい身なんだ。さっさと用件をいってくださいな」

「ちょいと長い話をしなきゃならない。喉が渇くでしょうから、茶でもいただきたいもんだね」

　重蔵がいうと、徳右衛門は顔を一瞬歪め、なにも答えず手を叩くと、「お呼びでしょうか」と声がした。そして部屋に入ってきた女中に、新茶を入れて人数分を運んでくるように命じた。

「ところで、お内儀さん、この家から姿を消していた四日間、どこでなにをしていたか、まだ思い出せませんか」

「またそんなことを訊くんですか。いいですか——」

　徳右衛門が苛立って話そうとするのを重蔵は、

「板橋宿にいってたんだろ？」

　と、ぴしゃりといった。

　すると、お市と徳右衛門の顔に驚きの色が広がり、口を半開きにしたまま体が固まってしまったかのように微動だにしないでいる。

「定、こちらのお内儀さんが墓参りにいったのは、なんて名の寺だっていったっけ？」

「へい、永平寺（えいへいじ）です」

「なぁ、徳右衛門さん、巳之吉と同郷なのはあんたのおとっつぁんじゃなく、お市さんだ。あんたは、まぎれもない江戸っ子だろ」

徳右衛門は、ぐうの音も出ないという顔をしている。

「定、お市さんはどうして永平寺に墓参りにいったんだった？」

「へえ。お内儀さんと殺された巳之吉の実のおとっつぁんとおっかさんが眠っている寺だからです」

定吉が徳右衛門とお市を睨みつけるように見ていうと、ふたりはがくりと肩を落とし、片手を畳の上について、なんとか体を保とうとした。

「徳右衛門、余裕をなくすの、早過ぎるぜ。大事な話はこれからだというのに」

京之介が錦絵から飛び出してきたかのような美男なその顔に、ひやりとするほど冷たい笑みを浮かべていった。

茶の間が重い沈黙に包まれている中、徳右衛門に新茶を運んでくるように命じられた女中が、

「旦那さま、お茶をお持ちいたしました」

と、襖越しにいった。

「入りなさい」

徳右衛門がいうと襖が開き、大年増の女中が盆に載せた茶を持って部屋の中に入ってきた。

一同、無言の中、茶を運んできた女中が歩を進めるたびにする着物の裾の擦れる音がやけに響く。重苦しい沈黙を女中も感じはじめたのだろう、顔が強張っていくのが見て取れた。

「失礼いたします」

女中が部屋の出入り口に座り、深々と頭を下げて部屋から出ていき襖が閉まると、重蔵は茶を一口啜ってから、話しはじめた。

「酒の量り売りをしていた棒手振りの巳之吉が、どんな顔なのか判別できないほど潰されて殺されたのは、徳右衛門さん、お内儀のお市さんと瓜二つの顔をしてたからだろ。なんたって、ふたりは双子なんだからな。これを見てみな。本当に瓜二つだ」

二日前の夜、小夜の店にいた重蔵は、一緒にいた京之介と定吉を置いてひとり店を出て、今川町の自身番屋にいき、人相書きの絵師を呼び、巳之吉が住んでいる吉兵衛長屋の隣に住む富吉とおさん、それに向かいに住む清三を連れてきて、巳之吉の人相書きを作らせた。

そうしてできあがった巳之吉の顔は、お市と瓜二つだったのである。重蔵が、もしやお市と巳之吉が双子ではないかと考えたのは、いうまでもなく、二日前に「小夜」で出された「かき玉汁」のおかげだった。小夜が、重蔵の前に出した卵の量が多いのは、ひとつの卵に黄身がふたつ入っていたからだといった。それを聞いた重蔵は閃いた。

巳之吉もお市も年は同じ二十七だ。双子は忌み嫌われ、縁起が悪いとか、その家に祟(たた)りが起きるという迷信があって、どちらかを遠い親戚にもらってもらうか、赤ん坊を捨てる親もいる。

(巳之吉が徳右衛門の弱みを握っているのは、お市が自分の片割れだということではないか？　そんな女を後添えにもらっていると世間に知られれば、「白木屋」の商いに支障をきたすと脅したのではないか？——いや、そんなことだけで徳右衛門が、巳之吉が酒売りの商いをはじめるにあたって勝五郎親方のところの請け人になり、残った酒はほぼ毎日買い取り、さらには博打に負けて胴元に何十両もの大金を支払うはずはない。もっと、強い弱みを巳之吉は握っていたに違いない。それはなにか？——やはり、お市に関わることだろう……)

そして重蔵は、お市がこれまでどうやって生きてきたのかを探ることにしたのである。

「お市さん、あんたは双子の、しかも女で生まれたばっかりに生まれてすぐに捨てられてしまった。双子を産んだ母親は畜生腹だの、その家には祟りが起きるだのと馬鹿馬鹿しい言い伝えが色濃く残っているからな。まして板橋宿の旅籠の『鶴屋』といえば、当時は一、二を争う人気の旅籠だったから、噂が噂を呼んで客足が遠のくのを恐れたんだ。そして捨てられた赤ん坊のあんたを拾って育ててくれたのは、板橋の子供のできなかった貧しい百姓夫婦だった」

重蔵がいったことは、定吉を板橋宿にいかせて調べさせたことである。

深川から板橋宿までは、中山道を北へ向かって歩くこと二刻ほどでたどり着くことができる。

板橋宿は名主が置かれた三つの宿場からなり、北から「上宿」「仲宿」「平尾宿」の総称だった。定吉はまず、板橋宿の中心地である仲宿にいき、三宿のうちで唯一ある自身番屋で、巳之吉がかつて暮らしていた旅籠「鶴屋」について詳しく訊いた。

すると、運のいいことに、仲宿の自身番屋にいた番太郎のひとりの母親が、若いときに「鶴屋」で女中として働いていたことがあるといったのである。定吉はすぐに、その番太郎の母親のもとにいくと、その番太郎の母親が今度は、巳之吉の母親は、実は男と女の双子を産んだのだと告白した。

そして、巳之吉の母親と父親は、その産婆に頼み、女の子を育ててくれそうな家はないか尋ね、その家のそばに生まれたばかりの女の赤ん坊を捨ててくれと頼んだということまで教えてくれたのだった。

重蔵は、女中が運んできてくれた新茶をごくりと飲んだ。すっかり冷めていたが、むしろそのほうが心地よく感じた。それというのも、茶の間から見える夏空は真っ青に冴え渡って、陽の光が燦々と庭に降り注いでおり、外の暑さが茶の間にも入り込んでいたからである。

「ところが、お市さん、十四、五のころ、板橋宿近郊の百姓たちの田んぼがいもち病にやられて不作が続き、あんたの家も暮らしがいよいよ立ちゆかなくなって、育ての親は泣く泣くあんたを岡場所に売っちまったんだ」

巳之吉の人相書きを作らせた重蔵は翌日、富岡八幡宮境内の「尾花屋」にいき、その女主人にお市はその前はどこに勤めていたのか訊いたところ、浅草寺（せんそうじ）近くの「多野屋（たのや）」という四六見世（しろくみせ）で、身体を売っていたと打ち明けた。そんなお市が、由緒ある茶屋の「尾花屋」に移れたのは、「尾花屋」に酒をおさめている門前仲町の酒屋の兵右衛門（ひょうえもん）という五十をいくつか過ぎた番頭が、お市の境遇を憐れんでそうしたからである。

「尾花屋」に移って二年ほどの間、お市は兵右衛門という年寄りに半ば囲われたような暮らしを送っていたが、兵右衛門が病気になり、やがて死ぬとお市は自由の身となった。そしてその後、お市は徳右衛門に見初められて後添えになった——それが三年前のことである。

「しかし、一年ほど前、思ってもみなかったことがお市さんに起きてしまった。巳之吉が、あんたの前に現れたんだ。しかも、あんたが四六見世の『多野屋』で身体を売っていたことからなにから、すべて知ってやがった。板橋宿にいってきた定の話じゃ、博打にのめり込んだために借金をこさえて、地元のやくざ者に旅籠の『鶴屋』を乗っ取られ、おっかさんが死ぬと、巳之吉は博打で知り合った悪仲間に、江戸に妹を探しにいくといっていたというから、おそらく『鶴屋』を守るために赤ん坊のお市さんを捨てたものの、そこは母親だ。おそらく、どんな家に拾われ、どんな名をつけたのか、無事に育っているのか、遠くから見守っていたんだろうよ」

重蔵は、ふうっとため息をつき、冷めた茶をごくりと飲んで続けた。

「そして、巳之吉のおっかさんは死ぬ間際、巳之吉におまえには双子の妹がいたが捨ててしまい、そのために江戸で身体を売るはめになっているってなことを、巳之吉を呪いながらいったんじゃねぇのかなぁ。それを聞いたろくでなしの巳之吉は、必死になってお市さん、あんたを探したんだろう。金をせびろうと思ってな」

重蔵がいうと、徳右衛門は針でどこかを刺されたように痛そうに顔を歪め、お市はすっかり血の気が失せた顔になり、唇さえも白くさせている。

重蔵は、さらに続けた。

「そのあとは、おれの口からいうまでもないことだろ。巳之吉は、紙問屋の大店『白木屋』の後添えになっていることを知って、こんないい金づるはないとばかりに脅し放題だった。最初は、酒の量り売りをする商いの請け人になってくれるように頼み込み、酒が売れ残れば買い取らせ、さらにはまた博打に手を出すようになって、胴元から何十両と借りても徳右衛門さん、あんたは巳之吉の脅しに勝てず払ってやるしかなかった。しかし、お市さんは、そんな旦那の姿を見て申し訳なさでいっぱいになり、身を引くことを考えた。あんたは、自分が姿を消せば、巳之吉に旦那が脅されることもなくなる。そう考えて、この家を出ていったのさ。だが、自害する前に、どうしても実のおとっつぁんとおっかさんが眠る永平寺にいって墓参りをしたいと思い、板橋宿にいったんだ。すると、お市さんに惚れ抜いて後添えにした徳右衛門さん、あんたは慌てふためき、心配でたまらなくなった。そして、自身番にお市さんを探してくれと届けを出したってわけだ。だが、四日したら、お市さんは、ひょっこり戻ってきた。

それで、おれにこれ以上、妙なことを調べられては大変なことになると思って、お市さんは神隠しにあったことにして、姿を消した四日間の記憶がないことにしよう、そう口裏を合わせることにしたのさ。徳右衛門さん、お市さん、そんなところじゃねぇのかい？」

重蔵は話を止めて、悄然としている徳右衛門とお市を見ながら、残り少なくなっている茶をごくりと飲み干すと、

「お市さん、ひとつ訊きたいことがある」

といった。

「…………」

お市は、怯えた顔で重蔵を見つめたが、なにもいおうとはしなかった。

「一度は、巳之吉から脅されていいなりに金をむしり取られている旦那に申し訳なさから姿を消したあんたが、また旦那のもとに戻ってきたのはどういう了見からなんだい？」

「――そ、それは……」

お市はいいかけたが、隣にいる徳右衛門がお市に顔を向け、「話すな」とばかりに顔をわずかに横に振ると、お市は口をつぐんでしまった。

「そうかい。答えたくないかかい。それならそれでいい。じゃあ、これが最後の調べだ。巳之吉を殺したのは、徳右衛門さん、あんただろっ」

重蔵は、ぎっと鋭い眼差しを徳右衛門に向けて切り込んだ。

「お、親分、なにを馬鹿なことをいってるんです。巳之吉が殺されたという日の夜は、番頭と帳簿をにらめっこしていたといったじゃありませんか。そのことは番頭と奉公人、それに診察にきてもらった良庵先生にも親分、確かめたっていってたじゃありませんか」

徳右衛門はうろたえながらも、必死に抗弁した。

すると重蔵は顔色ひとつ変えず、落ち着き払って、

「それじゃあ、着物の襟をくつろげて、右肩を見せてもらおうか――」

といった。

徳右衛門は目を剝き、ためらった。重蔵が目で定吉に合図した。と、定吉は頷き、すっと立ち上がって徳右衛門に近づいていった。

「失礼しますぜ」

定吉はいうが早いか徳右衛門の背中に回り、上等な着物の襟に手をかけた。

すると、分別の糸が切れた徳右衛門は、定吉をどんと突き飛ばし、茶の間から逃げ

出そうとした。そうなれば、剣術の達人である京之介の出番だ。京之介は大刀を持って音もなく立ち上がると、真新しい琉球畳の上を滑るように歩み出て、逃げようと向かってきた徳右衛門の前で腰を落とすやいなや、大刀の鞘を徳右衛門の脛に強く当てた。

徳右衛門はたまらず、畳の上に倒れて、重蔵のそばまで転がってきた。重蔵はおもむろに徳右衛門の紬縞の着物をひん剝いた。すると、案の定、徳右衛門の右肩のやせ細った白い肌の上に、細長く擦りむけたような赤い痣のような痕がくっきりと残っていた。

「徳右衛門さんよ、ご苦労だったな。天秤棒かついだせいで、肩の皮が擦りむけちまったか。紙問屋の大店、『白木屋』の主で、箸より重いものを持ったことがないあんたには、難儀なことだったろうなぁ」

七

座り直し、悄然としている徳右衛門に重蔵はいった。

「徳右衛門さん、あんた、『波乃屋』って知っていなさるよなぁ」

その言葉を耳にしたとたん、徳右衛門はなにかにはじかれたように、肩をびくっとさせると大きく目を見開いて重蔵を見つめた。その目の奥には、怯えが色濃く宿っている。

「巳之吉は殺された日、商い中の六ツより一刻ほど前に、あんたに大川につながる掘割に面した人目につかない船宿、『波乃屋』に呼び出されたんだ。『波乃屋』は、金を摑ませれば、どんな怪しいことをしようと目をつぶる船宿だが、おれがいって、あんたのことを尋ねたらあっさり白状したよ」

重蔵は以前、「波乃屋」で起きた心中事件を扱ったことがあり、表沙汰にしないで欲しいと「波乃屋」の主に頼まれたことがあった。その頼みを聞いてやったことで、「波乃屋」の主は重蔵には恩を感じており、隠し事はできなかったのだ。

そして、重蔵は止めだとばかりに、徳右衛門をぎっと睨みつけて言い放った。

「『波乃屋』の主は、おれにこういったよ。徳右衛門は、裏手にある掘割に繫がれた苫舟の中で巳之吉を殺したってなっ」

巳之吉は、苫舟の中で売れ残った酒を徳右衛門と酌み交わし、酔ったところで背後に回った徳右衛門に腕で首を絞められて殺されたのである。そういうやり方だと、絞めた痕が残らない。そして、裸にむいた巳之吉を、苫舟から掘割に捨てた。

それから自分の着物を脱いで巳之吉の着物を着ると、今度は艀に置いてあった売れ残った樽の酒も掘割に捨てて水洗いし、脱いだ自分の着物を酒の臭いもつかず、濡れないように持ってきていた油紙に包んで空になっている樽に入れ、天秤棒でふたつの空樽をかついで吉兵衛長屋にいった——「波乃屋」の主は、その一部始終をこっそり覗いていたのである。

「つまり、巳之吉の向かいに住んでいる清三が暮れ六ツに見たというのは、巳之吉ではなく、頭に頭巾をかぶって巳之吉の着物を着た徳右衛門だったんだ。清三にそのときのことをまた詳しく訊いてみたら、案の定、巳之吉が部屋に入っていくうしろ姿しか見ていないといったよ」

　重蔵がいうと、

「巳之吉と徳右衛門は、背格好も同じくらいだ。薄暗い暮れ六ツに頭巾をかぶって、いつもの巳之吉の着物を着て、商売道具をかついでいりゃあ、『ああ、また同じ時刻に巳之吉が帰ってきた』と思っちまいまさぁね。そうして、巳之吉の部屋で自分の着物に着替えて、吉兵衛長屋のだれとも、まともに顔を合わせねぇように気をつけて帰ればいいんだ。それはそんな難しいことじゃねぇし、暮れ六ツまでに吉兵衛長屋から門前仲町の『白木屋』までに帰ることもわけねぇことだ」

と、定吉が続いた。

「危ない橋だが、お市さんがいなけりゃ夜も日も明けないあんたは、巳之吉はだれかに殺されたようだ。だからもう、あいつから脅されることも金をむしり取られることもなくなった。だから、お願いだ。この家から出ていくなんてことはよしてくれ――そうお市さんを説得した。しかし、お市さんはうすうす気づいていた。違うかい?」

重蔵が、ずっと怯えた様子のお市に顔を向けて訊くと、

「わたしが旦那さまに黙って姿を消したことがいけなかったんです。旦那さまは、巳之吉にわたしが拐(かどわ)かされたか、人質にとられたかしたと思って、そして――」

お市はそこまでいって口を閉じると、嗚咽(おえつ)をもらしはじめた。

「あいつはダニみたいな男だったんだっ……」

徳右衛門は呻くようにいった。

「いくら悪党だからって殺していいってことにはならないだろ」

京之介が鋭い口調で言い放った。

と、徳右衛門は、

「お市は小さいときから――いや、生まれたときからずーっと不幸な人生を歩んできたんです。それはなにもお市が悪いんじゃない。ただ双子の女に生まれたというだけ

のことで、そんな目に遭わされてきたんです」

　といって言葉を詰まらせた。徳右衛門の目にも涙が浮かんでいる。

　お市は、由緒ある料理茶屋「尾花屋」の女中を八年も勤めた。そこで評判がよかったということは、骨身を惜しまず真面目に働いたということの証左だ。

「白木屋」の後妻という身分は、そういうお市にとって、これまでの味わってきた理不尽な苦労の対価には必ずしも十分といえるものではなかったかもしれない。

　しかし、それまでおそらく一度として幸せだと思ったことのないお市が、二十四になってようやく手に入れた平穏な暮らしだったことは間違いない。そんな暮らしが三年続いたのだった。

　だが、ようやく手に入れたその平穏な日々を、またも巳之吉という双子の兄のせいで壊されそうになったのである。

「わたしはお市と『尾花屋』で出会い、一目惚れしました。姿形がきれいだったからだけではありません。運命を感じたのです。そして、何度か会っているうちに、お市がこれまで生きてきた境遇を聞いて思ったんです――この女を幸せにしてあげなきゃならない。わたしはそのためにお市に出会ったのだ。そうだ。きっと、お市にめぐり合わせてくれたのは、死んだわたしの双子の妹に違いないと……」

徳右衛門の思ってもいなかった言葉に、その場にいた一同は凝然として徳右衛門に視線を集めた。

「今、いったことはいったいどういうことだね」

しばし続いた沈黙を重蔵が破って訊くと、

「――わたしも双子で生まれたんですよ……」

徳右衛門は悲しい笑みを浮かべて、ぽつりといった。

「わたしのおとっつぁんと、おっかさんも信心深い人でね。特におっかさんは、信心深いうえに誇り高い人で、双子を産んだことで、畜生腹だといわれたらどうしようと思ったんでしょうよ。おとっつぁんはおとっつぁんで、『白木屋』に祟りがあったら大変だというので、生まれたばかりの妹を下総の遠戚にもらってもらうことにしたんです。ところが、妹が十五の娘盛りのとき、下総のその村に疫病が流行りましてね。妹も育ての親もあっけなく死んでしまったんです。その話を聞いたおとっつぁんとおっかさんは、わたしになんていったと思いますか？――やっぱり祟りが起きた。おまえを手元に置いてよかったっていったんです……。自分が産んだ妹がこれからというときに死んだというのに、涙一つ見せることなく、そんな無慈悲なことをいったんですよ」

そこまでいった徳右衛門は、大きく息を吐いて続けた。

「その日からわたしは、懸命に商いに励みました。妹の分まで生きようと心に決めて――そして、深川一の紙問屋といわれるまで店を大きくすることができました。しかし、わたしの心の中はいつも虚しさでいっぱいだったんです。どんなに金持ちになっても人は幸せにはならない、そう思って暮らしていた矢先、お市に出会ったんです。そして、後添えにもらい、一緒に暮らすようになると、なにをしても楽しい。うれしい。いや、なにもしていなくても、お市がそばにいてくれるだけで、わたしの心は満たされたんです。あの巳之吉が現れるまでは――」

「旦那さま、そんなにまでわたしのことを思ってくれていたんですね……」

お市は、溢れ出ている涙を着物の袖で拭いながらいった。

「ああ。おまえと暮らした三年、わたしは本当に幸せだった。いや、巳之吉が現れて、大金の無心をしてきても、お市、おまえさえいてくれれば、たとえ『白木屋』が潰れようとかまわないと思ったのだよ。ところが、おまえはわたしに迷惑がかかってしまう。このままでは、『白木屋』が傾いてしまう。それだけじゃない。巳之吉は自分の生まれ育ちをいいふらして、『白木屋』を潰しかねない。そう思って黙って姿を消してしまった。だから、わたしは決心したんだ。巳之吉を、蛇のようにたちの悪いあの男を殺すしかないと――」

そう言い切った徳右衛門は、顔色こそ悪いままだったが、心の内を余すことなくはき出したからだろう、晴れ晴れとした顔をしていた。

そして、重蔵の前に、お縄にしてくれというのだろう、両手首を合わせて差し出した。

「徳右衛門さん、よくぞすべて白状してくれた。だが、人殺しはどんなわけがあっても許されることじゃない。とはいえ、お上にも情けはある。あんたには罪を償ってもらわなきゃならないが、これだけの大店の『白木屋』を今後どうするかいろいろ考えなきゃならないことがあるだろうから、身辺整理が終わったら、知らせをくれ。若旦那、それでかまいませんよね？」

重蔵は京之介の顔をじっと見つめて訊いた。その視線は、剣の達人である京之介さえも思わず、たじろぎそうになるほど有無をいわせぬ迫力をもっていた。

八

翌朝、まだ夜も明けきらない時刻――「白木屋」の番頭、嘉平が蒼白な顔で重蔵の家にやってきて、今朝がた早く徳右衛門が亡くなったという知らせを持ってきた。

その訃報を聞いた重蔵はあたかも予見していたかのように驚くふうもなく、定吉に八丁堀の京之介のもとにいき、「白木屋」に連れてくるように指示した。

「白木屋」の広い茶の間に中央に、白装束姿の徳右衛門の亡骸が置かれていた。その傍らに、お市を先頭に徳右衛門の息子で浅草の紙問屋に奉公に出て修業をしているという徳太郎、その隣に番頭の嘉平が悲しみに暮れた顔をして座っている。

その反対側に頭を総髪にしている医者の良庵がおり、その隣に京之介、重蔵、定吉の順に座っている。亡骸の足元の周辺に奉公人たちが、神妙な顔をして座っている。

「このたびは、ご愁傷様です」

沈黙が続いていた中、重蔵が口火を切って、向かい側に座っている遺族に深々と頭を下げた。

「わざわざお越しいただき、恐縮でございます」

お市が深い悲しみに耐えながらも、気丈にいって、頭を下げると、隣に座っている徳右衛門の息子の徳太郎と番頭、奉公人たちも倣って頭を下げた。

「ところで、良庵先生、徳右衛門さんの死因ですが、徳右衛門さんには以前から胃の腑に質の悪い腫物ができていて、それが悪化して亡くなったということで間違いないですね？」

重蔵が横に座っている良庵に顔を向け、言葉遣いは穏やかなものだったが、その口調は有無をいわせない強いものだった。

「え？――」

良庵は、思わず目を剝いて声を漏らした。それもそのはずである。徳右衛門の亡骸の首には、荒縄で縛られた痕がくっきりとついているのだ。

実は、徳右衛門は今朝がた、奥の間で輪をこさえた荒縄を欄間に垂らし、その輪に首を入れて自害していたのをお市が見つけて、店の裏に住んでいる番頭の嘉平を呼びにいき、亡骸を下ろして茶の間に運び、白装束を着せて布団の上に寝かせるように置いたのである。

そして、お市は嘉平を重蔵のもとに知らせにいかせ、奉公人のひとりに浅草の紙問屋に奉公にあがっている息子の徳太郎を連れてくるようにいったのだ。

番頭の嘉平と「白木屋」に向かって重蔵は歩きながら、徳右衛門が首をくって自害したことを聞くと、良庵を呼び寄せるようにいったのだが、そのとき嘉平はその意味がわからずにいた。

そして、良庵もまたどうして自分が呼ばれたのかわからずにいたのだった。

「ですから、良庵先生、もう一度訊きますが、徳右衛門さんには以前から胃の腑に質の悪い腫物ができていて、それが悪化して今朝がた急に亡くなったということで間違いないですかと訊いているんです」

重蔵が低いが実によく通る声で、ふたたび強い口調で確かめた。

つまり、重蔵は徳右衛門は自害ではなく、以前から患っていた胃の腑の病がもとで死んだことを医者である良庵に認めさせ、巳之吉殺しの下手人として奉行所に届けることを避けようとしているのだった。

「――あ、はい。親分のいうとおりです。徳右衛門さんの命は、あと一月もつかどうかと診立てていたのですが、思いのほか早くて驚いています……」

首にくっきりと縄で締めつけられた痕があり、徳右衛門が自害したことは明らかなのだが、ここは名うての岡っ引きとして知られている重蔵親分の言い分に従ったほうがいいと良庵は判断したのだ。

「お内儀さん、徳右衛門さんは以前から、もう自分の命が長くないことは知っていたようだから、遺書のようなものは残してなかったかね？」

重蔵がお市に視線を移して訊くと、

「はい。文机の上にこれが置かれてありました」

といって、お市は着物の胸から遺書と書かれた紙を取り出した。

「そうでしたかい。書いてあること、すべてを読んでくれとはいいませんが、どんな内容だったのかだけ、簡単に教えてもらえませんか？」

「はい。とても短い文でした。わたしにもしものことがあったときは、お市と徳太郎で『白木屋』を継いで、これまで以上に奉公人たちを大事にして働いてもらうように——そう書かれていました」

お市がいうと、

「ここにいるみなさん、聞きましたね？　徳右衛門さんの遺言をしっかり守って、これからも『白木屋』をみなさんで盛り立ててくださいよ。それじゃ、おれたちはこれで失礼します」

重蔵がそういって立ち上がると、京之介と定吉も一緒に立ち上がり、茶の間をあとにした。

「親分、昨日、徳右衛門をお縄にしなかったのは、こうなることがわかっていたからかい？」

「白木屋」の門を出たところで、京之介が訊いた。

だが、重蔵は、青く澄み切った雲一つない夏空を見上げると、

「今日は暑い一日になりそうですねぇ」

といって、京之介が訊いたことに答えようとはしなかった。

お市が自害する覚悟を決めて徳右衛門に黙って姿を消し、生まれ故郷の板橋宿にいって実の親の墓参りをしたあと自害をせず、徳右衛門のもとに帰ってきたのは一月ほど前に良庵から徳右衛門の命がそう長くないことを聞いていたからだった。

自分の兄である巳之吉に脅されて大金をむしり取られても、徳右衛門はお市を責めるどころか、小言一ついわなかったのだ。それどころか、『巳之吉のことはわたしに任せなさい。心配はいらない』と笑顔さえ見せて優しくいったのだった。そんな心から優しく、自分を大事に思ってくれている、重い病を患っている徳右衛門をひとり残して病に苦しみながら死なせてはいけない――お市は、そう思い直した。だからこそ、お市は徳右衛門のもとに帰ってきたのである。

「親分、いわぬが花ってやつかい」

京之介がなおも訊くと、

「お上にも情けはあるといいましたが、徳右衛門やお市さん、それに『白木屋』を継ぐことになる倅の徳太郎や奉公人たちを助けるほどの情けをかけてくれるとは思えな

かったもので――いけませんでしたかね」

と重蔵はいった。

「人殺しは重罪でやすからね。よくて遠島でやしょう。そんなことになれば、『白木屋』は信用を失って潰れちまうでしょうねぇ」

定吉が、「親分のしたことを大目にみてやってください」とでもいいたげな顔をしていった。

「いけないどころか、おれはまたしても、親分の見事な始末のつけかたに感心するばかりさ」

京之介はそういうと、珍しく心からうれしそうな笑顔を見せたのだった。

第三話　合縁奇縁（あいえんきえん）

一

秋の気配が漂いはじめた夕暮れどき――小夜は西日が差し込む二階の寝部屋の窓辺にもたれかかるようにして、橙色に染まってゆく竪川（たてかわ）の河岸の通りを、ひとりぼんやりと見つめていた。

眼下の通りは、家々の影が道の半ばまで覆いかぶさり、行商人や使い走りの奉公人、金魚やところてんなどの振り売り、夕餉（ゆうげ）の菜（さい）を買って家路を急ぐおかみさんたちが足早に歩いている。

小夜は、町が黄昏（たそがれ）色に染まっているこのひととき、こうして人々の営みが見て取れる光景を眺めるのが好きだった。

四十一になった小夜は、素顔のままではさすがに目尻の皺こそ隠せないものの、化粧をすれば三十過ぎにしか見えないほど、若々しく美しい。頬から顎にかけて線を引いたようにすっきりとしていて、色白の細面の顔にはきれいに整った柳眉、その下にくっつくように切れ長の黒目がちの目が並んでいる。つんと高い鼻に薄い唇は、ややもすると冷たい印象を与えるが、それがかえってなんともいえない色気を漂わせている。

小夜が、ここ松井町一丁目にある家の一階で、居酒屋「小夜」をはじめてから十年になろうとしている。深川にくる前は日本橋の小網町二丁目の奥まった所にあるしもた家で、呉服商の「相馬屋」彦左衛門という男の妾として暮らしていた。

小夜は元、吉原の大籬「岩狭屋」の豊風という名の花魁だったが、年季が明ける年に彦左衛門に身請けされて、囲われるようになったのである。

彦左衛門は一代で財を成した男だが、子供のころは貧しく、夜も明け切らぬうちからシジミ売り、陽が上がるとともに納豆売り、長屋に帰れば子守りに提灯張りや竹串作りの内職など、できる仕事ならなんでもして一家を支えたという。十二で呉服屋に奉公に上がり年季が明けると、陽の明るいうちは呉服の行商をして歩き、日暮れになれば夜鳴きそばの屋台を担いで働きづめに働いた。

そして、二十にして小さな店を持った彦左衛門は、傷ものの生地を大量に安く仕入れて、それを呉服に仕立て安価で売るという商いを思いついた。それが当たりに当たり、あっという間に大店の主となった彦左衛門は、毎夜のように吉原の籬に出入りするようになっていった。

廓(くるわ)遊びに精通するようになった彦左衛門は、やがて大籬の「岩狭屋」に出入りするようになり、そこの花魁として一世を風靡(ふうび)していた豊風を見初(みそ)めたのだった。

初会、裏、馴染みと付き合いが進む中、彦左衛門は派手な茶屋遊びに、新造(しんぞう)たちへの付け届けなど莫大な金を払ったはずである。

こうして彦左衛門は、ようやく豊風花魁の馴染み客になったのだが、年季明けが近いことを知ると、今度は身請けしたいと言い出した。そのころになると豊風は遊女としての盛りがとうに過ぎており、身請け金は他の人気を博している花魁のように五百両、千両という途方もないものではなく、わずか五十両と呆れるほど少額なものだった。

そして、豊風を身請けしたとたん彦左衛門の店は傾き、豊風こと小夜はわずか十両の手切れ金を渡されて関係は切れた。

小夜は、別れ話と手切れ金を差し出されたときは、さすがに驚いてがっかりしたものの悲嘆に暮れたり、我が身の不運を呪ったりすることはなかった。

そもそも小夜は雪深い越後の生まれで、四つのときに両親を流行り病で失い、その後は親戚の家々をたらい回しにされた揚句、六つで「岩狭屋」に売られてきて養女になった。

義母になる女将にいわせると、小夜は雪国生まれのせいか肌が透き通るように白く、手足がひょろりと長い華奢な体つきの子供だったという。そんな子が芸事を厳しく仕込まれながら磨かれて花魁となったわけであるが、ひと皮剝けば元はただの田舎生まれの孤児なのだ。苦界に身を沈めた多くの女郎が若くして死んでいく中で、たとえ少額であろうと身請けされ、旦那に捨てられたがために晴れて自由の身になれたのである。その幸運に感謝こそすれ、何を恨むことなどあるだろう。悩むべきは、これからひとりでどうやって生きていけばいいのか、ということだけである。

そして小夜は、考え抜いた末に貯めた金で居酒屋を営んで、ひとりで生きていこうと決めて深川にやってきたのである。

それから十年――今こうして窓の下に広がる人々の営みをぼんやりと眺めていると、小夜はなんだか自分はもうこの世の人ではないのではないかと思えてくるほど、穏やかな気持ちになるのだった。

若くして死んでいった女郎たちも、こうして下界の普通の人々の営みを心穏やかに見下ろしているのではないか？　いや、きっとそうであって欲しいと、小夜は心から思う。

だが、俗世間も遠目に見ている分には穏やかな気持ちのままでいられるが、いざ生身の人の営みの中に入っていくと、煩（わずら）わしいことはたくさんあった。

居酒屋は酔客相手の商売であるから言い寄ってくる男はこれまでも山ほどいたし、四十一になった今もいる。廓言葉こそすっかり抜けたものの、小夜の衰えを知らぬ美貌と、そこはかとなく放たれている色気や身のこなしが、男たちを放っておかないのだ。

しかし、小夜のどこか場違いな気品のようなものがそうさせるのだろう。安居酒屋に集まってくる客たちの中で本気になって熱を上げる者はいなかったし、素性を尋ねる無粋な者には、ただ微笑を浮かべて黙して語らなければいいという術も、いつの間にかすっかり身についていた。

二

宵（よい）の色が増してきていた。そろそろ店を開ける時刻である。小夜は腰をあげた。

と、人が行き交う通りを六尺ほどもあるがっしりしたひとりの男が、背筋をぴんと伸ばして道の真ん中を堂々とゆっくり歩いてくるのが見えた。苦（にが）み走った顔立ちに、意志の強さを感じさせる黒く太い眉、唇をきゅっと結んでいる。

（重蔵親分――）

小夜は、さきほどまでの穏やかだった気持ちから、心が浮き立っている自分に戸惑った。

小夜は、ここで居酒屋をはじめた当初は、毎晩のように地回りがとっかえひっかえやってきて、泣かされたものだった。

そんなある夜、ふらっと入ってきた重蔵が、ならず者たちを相手に『おれは深川の重蔵ってもんだ。今度おれの妹に手を出したら、ただじゃおかないっ。仲間にそう伝えろっ』と啖呵（たんか）を切った。ならず者たちは、立ちすくみ、微動だにできずにいた。それというのも、重蔵の体からは、極悪非道なことをする獣のような悪党どもと闘い、打ちのめしてきた者だけが放つ圧倒的な気のようなものが放たれていたのである。ならず者たちは、がたがたと震えながら立ち去っていった。

むろん、その日から二度と地回りの者たちが小夜の店にやってくることはなくなったが、流れ者や深川以外のならず者たちがくるかもしれないと思ったのだろう。重蔵の家が隣町、松井町二丁目にあることから、町廻りを終えると晩酌と晩飯を食うために小夜の店にくるようになった。そして店でふたりきりになったあるとき、小夜ははじめてぽつりぽつりと自分の過去を話しはじめ、重蔵は聞くともなしに聞いたのだった。

どうして重蔵にだけ誰にも話したことのない自分の過去をしゃべってしまったのだろう？——小夜は、今もそれははっきりとはわからない。重蔵が、ならず者たちを追い払ってくれたからという理由だけでは決してないだろう。なんといえばいいのか、重蔵には心を許してしまう魅力があるのだ。

そして、たとえ顔を見せてくれなくても、そばにいてくれるというだけで心強い気持ちになれるのである。そんなことを思うのは、おそらく自分だけではないだろう。深川に住んでいる者たちのだれもが、自分と同じ気持ちでいるに違いない。

部屋を出て階段を下りていった小夜は、店の出入り口にあった縄暖簾（なわのれん）を手にして戸を開けた。そして、

「あら、親分、お役目帰りですか？」

と、偶然を装うようにして声をかけた。

「ああ。定とここで待ち合わせをしているんだが、少し早かったかな——」

重蔵の物言いは、ぶっきらぼうだが、その低くよく通る声は頼りがいがあって、小夜をほっとさせてくれる。

「ちょうど店を開けるところだったんですよ。親分が口開けです。さぁ、どうぞ」

「そうかい。どれ、それはおれが、かけてやろう」

重蔵は、小夜が手にしている縄暖簾をすっと手に取ると、軒下にかけてやった。

「すみません」

小夜は、襟足(えりあし)に手をやってほつれ毛を整えるふうをして礼をいった。

「じゃ、邪魔するぜ」

重蔵が店に入ると、店の奥にあるいつもの小上がりに向かった。

「お酒、下り酒のいいのが入ったんです。冷やですよね？」

料理場の手前で足を止めて、小夜が訊いた。

「ああ。肴(さかな)は適当にみつくろってもらおうか」

「はい」

少しして、小夜が料理場から出てきて、銚子一本と重蔵の好きな煮〆(にしめ)と冷奴をお盆に載せて運んでくると、戸が開いて定吉が息を切らせて勢いよく入ってきた。

「定吉さん、いらっしゃい。親分がお待ちかねよ」

小夜が笑みを浮かべていうと、

「お待たせしてすみません。ちょいとおもしろい話を耳にしたもんで――親分、北森下町の『加賀屋』って献残屋、知ってやしょう？」

「ああ、『加賀屋』がどうかしたのかい」

献残屋は文字どおり、献上品の残り物を扱う商いである。各地の大名が将軍に献上する物品、家臣が殿様や上役に差し出す贈り物、さらには御用商人が出入り先の武家や役所に付け届けする品々の残り物を安値で引き取って換金し、包装を替えて新たな贈り物として売る商いである。

「『加賀屋』さんて、お駒さんちよね？」

「女将さん、『加賀屋』のお内儀さんをどうして知っているんですか？」

「わたしも『加賀屋』さんの女主のお駒さんも芝居好きで、浅草の広小路の芝居小屋でたびたび顔を合わせるようになって仲良しになったのよ」

「そうだったんですかい。じゃあ、女将さん、『加賀屋』のお袖って娘さんが訳ありだってことは知ってましたかい？」

「ええ。今のお内儀さんの本当の娘さんじゃないんでしょ？」

「へい。そのとおりで――お袖って娘さんは、亡くなった前のお内儀さん、お蔦さんの息子、善太郎って子の許嫁だったことも知ってやしたかい？」

定吉が訊くと、

「え？　どういうこと？　定吉さん、よくわかるようにいってくれない？」

小夜は柳眉をひそめていった。

「『加賀屋』には、善太郎って一粒種の跡取り息子がいたんですよ。色白で、賢くて、それはかわいい顔をした男の子で、善右衛門とお蔦夫婦は、このまま大きくなったらいろんな女たちが寄ってくるに違いない。そこで、五つになったときに、身元のしっかりしたところの女の子を許嫁に決めて、一緒に住まわせようってことにしたんですよ」

「その許嫁が、お袖ちゃん！」

「そのとおり！　お蔦さんの遠縁の家の娘で、当時、まだ三つのお袖ちゃんを許嫁にして引き取って、『加賀屋』で住まわせて善太郎と一緒に育てはじめたんでさぁ」

重蔵は、定吉と小夜のまるで漫才のような掛け合いを微笑みながら聞いている。

「でも、お駒さんから聞いたことがあるけれど、その善太郎さんて跡取りの子、突然神隠しにあっちゃったんでしょ？」

「そうなんですよ。今から十五年前——善太郎が七つのときに神隠しにあったんでさ」

　久しぶりに興味深い話を仕入れてきたからだろう。定吉は生き生きしている。

「ということは、善太郎さんの許嫁になったお袖ちゃん、『加賀屋』でたった二年くらいしか善太郎さんと一緒に暮らしていなかったってこと？」

「そうなんでさ。当時、父親の善右衛門は人も金もたいそう使って八方探し回ったんですが、ついぞ見つからなかった。そうこうしているうちに、心痛のあまり寝込んじまった善太郎の産みの母親、お蔦さんが半年ほどしてあっけなく死んじまったんですよ」

「それなのに、お袖ちゃんを実の家に帰すことなく、そのまま『加賀屋』さんの家に住まわせて、お袖ちゃんを養女にしたってことなの？」

　小夜は、すっかり定吉の話に興味津々（しんしん）になっている。

「へい。というのも、お袖ちゃんが『加賀屋』にきて一年ほどしたとき、お袖ちゃんの実家が火事にあっちまって、親兄弟が亡くなっちまって帰る家がなくなってたんでさ」

「それでかわいそうに思った『加賀屋』さんの主だった善右衛門さんが、お袖ちゃんを養女にしたってわけなのね……」

「かわいそうという気持ちもあったし、許嫁のお袖って娘が家にいてくれると、いつか跡取り息子の善太郎が戻ってくる気がしたんじゃないのかねぇ」

猪口を口に持っていきながら、重蔵がいった。

「しかし、お蔦さんが亡くなって五年ほどすると、善右衛門さんもひとり身でいるのが寂しかったんでしょう、今の女主のお駒さんを後添えにもらったってわけなんでさぁ」

定吉の語り口は、まるで講談のように滑らかになっている。

「だけど、その善右衛門さんも、三、四年前だったかしら、質の悪い流行り病をこじらせて亡くなってしまったのよね」

小夜が、急にしんみりした口調になっていった。

「そうだったな――ところで、定、それでおもしろい話ってのは、いったいなんなんだ？　まさか、その神隠しにあった子が、今になってひょっこり帰ってきたってわけじゃないだろうな」

重蔵が顔に薄い笑いを浮かべていうと、

「そう！　そうなんですよ、親分！」

定吉が、パチンと手を叩いていうと、

「え?!」

冗談のつもりでいった重蔵もさすがに驚いて、口に運ぼうとしていた猪口を持つ手を止めて、定吉の顔を見つめた。

「定吉さん、それ、本当なの？　その善太郎さんて子、いつ『加賀屋』さんに戻ってきたの？」

小夜も目を丸くして驚いている。

「二日前だそうです。それだから、もう『加賀屋』は上を下への大騒ぎになっているらしいんですよ」

「嘘みたいな話だが、それが本当だとすれば、めでたいことじゃないか」

気を取り直したように、重蔵は落ち着き払った口調でいった。

「そうよね。だって、お袖ちゃん、善太郎さんは絶対に生きているって信じて、見合い話をずっと断ってきたって聞いたわ。そのお袖ちゃんの願いがかなったんだもの、よかったじゃない」

小夜も顔を明るくさせていった。

が、定吉の話にはまだ続きがあった。

「ところが、親分、女将さん、実は、ここからが大事なとこなんですよ。その善太郎って男、いかつい体つきで顔色も鰹節みてぇに浅黒くって、子供の頃は華奢で色白だった善太郎とはまるで違う。だから、善太郎じゃねぇんじゃねぇかって、もっぱらの噂なんでさぁ」

「まさか、その人、偽者だっていうの?!」

小夜はまた驚き、目を丸くさせている。

「ところが、その善太郎と名乗る男、迷子札を持っていたんですよ。二寸ほどの大きさの桐でできた札に、『江戸北森下町加賀屋善右衛門息子善太郎』と彫ってあって、札の裏には『加賀屋』の家紋の四菱の焼き印が押してある。ですが、肝心の善右衛門さんも母親のお蔦さんも、もうこの世にはいない。当時のことを知っているのは、五つだったお袖さんと番頭の佐兵衛のふたりきり。証拠といやぁ、その迷子札だけ。お袖さんも同じ迷子札を持っているんですが、比べてみたらまったく同じもので、迷子札は本物だと——親分、女将さん、この話、どう思います?」

これまで張り切って話していた定吉も、急に顔を曇らせて重蔵と小夜の顔を見比べるようにして訊いてきた。

「でも、どうしてその善太郎って人、今まで姿を見せなかったのかしら……」

小夜が小首を傾げていった。

「そこなんですが、なんでも自分が『加賀屋』の息子だってぇことを思い出したのは、つい最近だっていっているらしいんですよ。善太郎を名乗るその男、房州の館山で漁師をやっていたんですが、ある日、漁に出たら嵐に遭っちまって船が沈んじまった。そんときに岩かなんかに頭を思い切りぶつけて気を失い、浜辺に打ち上げられて気を取り戻したときに、全部を思い出したっていっているらしいんです」

「肝心のお袖ちゃんは、なんていってるの？」

「いや～、そこまでは聞いてないもんで、わかりません……」

「もしその人が別人だったら、お袖ちゃん、気の毒だわねぇ……」

「うむ。その善太郎って男が本物だとしたら、お袖って娘は厄介な立場になってしまうだろうなぁ」

　重蔵がいうと、

「親分、厄介な立場になるって、どういうことです？」

　と、小夜が柳眉を寄せて訊いた。

「『加賀屋』は、後添えのお駒さんが主になってから大きくなった献残屋でね。三十路の美人後家のお駒さんに惹かれてくるお客さんもたくさんいるらしいんだが、なによりあれだけの大きな店になったのは、やっぱりお駒さんに商才があったからだろうっていうのがもっぱらの評判なのさ」

「親分、つまり、お袖さんは所詮、養女で今の主のお駒とは血の繋がりはない。そこに十五年も前に姿を消した義理の息子がひょっこり現れた。仮にその善太郎を名乗る男が本物だとしても、お駒さんがすんなり跡取りとして迎えるものかどうかというわけですね？」

「ま、おれたちが心配したところで、どうにかなるもんでもないだろうが……」

「わたし、明日、お駒さんのところにいってみようかしら」

「ああ。それがいい。それで、女将と親しいお駒さんが困っていて、だれかに相談したいというのなら、おれが出向いていってもかまわない」

と、重蔵がいったときだった。

勢いよく店の戸が開いて、顔見知りの自身番の番太郎が息せき切って入ってきた。

「親分、やっぱりここでしたかっ……」

「どうしたい。そんなに慌てて。なにかあったのかい？」

重蔵が顔をしかめて訊くと、

「『加賀屋』の主のお駒が殺されましたっ……」

「なにっ?!」

重蔵と定吉、そして小夜の三人は愕然として、番太郎の顔を見つめ、それから互いの顔を見合った。

「お駒さんが殺されるだなんて、そんな馬鹿なっ……どうしてそんなことに……」

小夜は近くの柱にすがりつくようにして、ようやく立っていられるほどの驚きと悲しみに包まれて顔色は紙より白くさせ、小刻みに体を震わせていた。

三

重蔵と京之介、それに定吉が北森下町の現場に着いたのは、宵五ツだった。

夜空には、薄い刃物のような月が白い光を放っている。「加賀屋」にほど近い北森下町の裏通りに入ると、三人は足を止めた。闇の中、自身番の番人がふたり提灯を下げ、野次馬たちが集まっているのがぼんやり見えてきたのである。

「これは千坂の若旦那に重蔵親分、定吉さん、ご苦労さまでございます」

野次馬たちをかき分けて近づいていった三人を見た若い番人ふたりが、頭を下げていった。

「仏さん、見せてもらうよ」

重蔵が番人たちにいい、歩を進めると、道端に疋田絞りで薄紅色の単衣を身に纏った女が仰向けに倒れていた。上物の絹で織られた薩摩絣と思われるその単衣は、左肩から胸を通り右腹にかけてざっくりと斜めに斬られ、辺りの道はどす黒い血で染まっている。

お駒と思われるその女は、かっと目を見開き、断末魔の叫びをあげたのだろう、口を大きく開き、赤い舌をだらりと下げた苦悶の表情のまま固まっている。

血の染まり具合から見て、それほど時は経っていない。亡骸のそばに『加賀屋』と書かれた火の消えた提灯が転がっており、巾着のような持ち物は落ちておらず、お駒の帯には銭やお守りを入れる紙入れもなかった。血を見るのが大の苦手な京之介は、顔をしかめている。

「だれが、自身番に知らせたんだね？」

重蔵が、ぐるり野次馬たちを見渡していうと、でっぷりと太った商人風の初老の男と手代と思われる若い男が恐々とした顔で前に出てきた。

「おまえさん、どこの者だい？」

重蔵が訊くと、

「は、はい。北六間堀町で蠟燭問屋を営んでおります、『井桁屋』の茂兵衛、それにこの者はうちの手代の末吉でございます。商用で近くのお屋敷に伺った帰り、この近道に入るや、ぎゃっという女の叫び声が聞こえまして小走りで近づいたところ、もうすでにこのように……」

と、怯え顔をしている初老の男が答えた。

「斬った者は見ていないのかい？」

顔面を蒼白にしている茂兵衛と末吉は、ただ首を横に振るばかりだ。

「これは辻斬りの仕業でもなけりゃ、剣術使いが殺ったものでもないな」

血を見るのが苦手だという京之介が、お駒のそばに腰を下ろして斬られた部分を見つめていった。

「京之介さん、どうしてそう思うんですかい？」

定吉が訊くと、

「親分、定吉、ここの斬り傷を見てくれ――帯のところで止まっているのがわかるだろ？　これは大刀を振り切ってない証拠だ。つまり、よほど腕の鈍っている侍か、剣術の鍛錬をしたことのない素人が刀を使ったかのどっちかだよ」

と、京之介は剣術の達人らしい見立てを披露した。

（若旦那、父上の伝衛門の旦那が今の見立てを聞いたら、どんなにお喜びになるか……）

重蔵は京之介の顔を目を細めて見ながら、そう胸の内でつぶやいて、

「事の流れからして、今度の善太郎出現の一件と関わりがある疑いが濃くなってきたな」

といってから、

「おい、仏さんを『加賀屋』に運んでくれ」

番太郎たちに命じた。

そして、

「おれたちもご遺族に会いにいって、話を聞きましょう」

重蔵は京之介と定吉とともに「加賀屋」に向かった。

自身番屋の番人たちが一町ほど離れた北森下町の「加賀屋」の玄関先に、戸板に乗せたお駒の亡骸（なきがら）を運び入れておとないを入れると、奥から真っ先に飛び出してきたのは、年は重蔵とおっつかっつの実直そうな男と、桜の花びらのような肌にくっきりとした瞳の美しい、お袖と思われる若い娘だった。黒襟（くろえり）をかけた半四郎鹿（はんしろうか）の子（こ）の着物を着ている。

「おっかさまっ……」

同時に叫んだ四十男とお袖は、お駒の亡骸と対面するや、顔面を蒼白にして絶句した。

「おまえさんは、ここの番頭だったな」

重蔵が四十男に訊くと、

「はい。番頭の佐兵衛でございます……」

佐兵衛は我に返って答えた。

「わたしは、『加賀屋』の娘の袖でございます……」

細面で、きれいな切れ長の目をしたお袖は、恐怖で体を小刻みに震わせている。

「お駒さんは、どこかからの帰りだったんですかい」

「はい。下女のおしんを伴って、得意先の下総高岡藩の井上筑前守様のところへご挨拶にいってくると申しまして」

顔色をなくしている佐兵衛が答えた。

「その下女のおしんて子は、帰っているかね？」

「いえ……」

「帰ってないのかい？」

重蔵は眉をひそめて確かめた。

「はい……」

重蔵と定吉は顔を見合わせた。京之介は無表情だが、おかしいといわんばかりに小首を傾げている。

お駒の斬られ方から見て、大刀を使用して殺したことは疑いの余地がない。しかし、お供をした下女のおしんの亡骸はなく、店にも帰ってきていないのはどういうことなのか。

「お駒さんが、そのおしんて下女を連れていったのは間違いないんだな？」

重蔵が厳しい顔つきで、番頭の佐兵衛に確かめた。

「はい。それは間違いございません」

佐兵衛は、とんだことが起きてしまったこと、動揺してどうしていいのかわからないという顔つきをして、懐紙で額に浮かんできている汗を拭いて答えた。

「自分も殺されると思って、逃げたってぇことですかねぇ」

定吉は、重蔵と京之介を交互に見ながらいった。

「だとしたら、そのおしんがお駒を斬った者を見ているかもしれないな」

今度は京之介が、重蔵と定吉の顔を交互に見ながらいった。

「下手人(げしゅにん)に捕らえられて連れていかれたってことも考えられる——いずれにせよ、とんだことになっちまったもんだが、いろいろと聞かせてもらわなきゃならないことがある。しばらく居させてもらうことになるが、かまわないな？」

定吉が番頭の佐兵衛に訊くと、

「はい。もちろんでございます。ですが、まずは葬儀の支度をしてよろしゅうございますか」

佐兵衛は目に涙を浮かべていった。

「うむ。そうしてくれ。話を訊くのは、あとでも一向に構わない」

「はい。ではのちほど——」

佐兵衛がその場から去ろうとすると、

「番頭、ここじゃ、宗近(むねちか)や村正あるいは正宗(まさむね)といった名刀を扱っているかね？」

京之介が唐突に訊いた。

「はい。三日月(みかづき)宗近ほどの名刀は、さすがに手に入れたことはございませんが、正宗がひと振りだけございますが——」

「ふーん」

京之介はそういったきり、口をつぐんだ。

番頭がその場から去ると、

「どうして刀のことを訊いたんです？」

と、重蔵が訊いたが、

「ちょっと気になったもんでね」

京之介は素っ気なく答えた。

「お袖さん、おしんて下女が逃げていきそうなところに心当たりはないかね？」

重蔵が、怯えているのだろう、顔面を蒼白にして、会った時からずっと細かく体を震わせているお袖に視線を向けて訊いた。

「さぁ……おしんのことは、女中たちのほうが詳しいですから、呼びましょうか？」

お袖は、気丈さをなんとか保っていった。

「いや、葬儀のことやらなんやらで女中たちもばたばたしているだろうから、あとでゆっくり話を聞くとしよう。じゃあ、善太郎さんて人に会わせてもらいたいんだが、案内してくれるかい」

重蔵の言葉に、お袖は一瞬びくっとしたが、すぐに頷いた。お袖もお駒の死が、善太郎の出現となにか関わりがあると思っているのかもしれない。

お袖を先頭に、重蔵と京之介、定吉の三人は奉公人たちがあわただしくゆきかう廊下を通り、広い中庭をコの字形に囲むようにして並ぶ部屋の一番奥へと向かった。

「善太郎さん、北町奉行所同心の千坂様と御用聞きの重蔵親分、お供の定吉さんが、お話をお訊きしたいそうです。お部屋に入ってよいですか」

お袖は障子越しに部屋の中に声をかけると、

「あ、はい、どうぞ――」

少し慌てた風の男の声が返ってきた。

お袖が障子を開けて三人が中に入ると、善太郎は臥せっていたらしく、あわただしく寝具を畳むと、行燈の近くにきて座り、軽く頭を下げた。

「どこか具合が悪いのかい」

重蔵が訊くと、

「はい。どうやら昨日食べた鰹が当たったようでして……」

善太郎は少し顔を歪めながら、腹のあたりをさすっている。

行燈の明かりでは、顔色がはっきりとはわからないが、漁師らしく浅黒く日焼けしており、その指もごつごつしている。顔立ちはどちらかといえば、優男というよりは重蔵のような男らしい整った顔をしている。

「鰹を食べたのは、あんたひとりかね」

重蔵が怪訝そうな顔で訊くと、

「そんなことはありません。店の者みんなで食べたんですが、どういうわけか善太郎さんだけ……」

お袖が申し訳なさそうにいった。

「おそらく、いつも釣れたばかりの鰹しか食べたことがないからじゃないかと思います」

善太郎がお袖のあとに続けていった。

「房州の館山は、今ちょうど鰹漁が盛んなんじゃなかったかね？」

重蔵が訊いた。

「はい。春の鰹は初鰹といいますが、秋のこの時期に三陸（さんりく）沖から房総（ぼうそう）半島に南下してくる鰹は戻り鰹と呼ばれて、館山ではその戻り鰹の最盛期です」

「善太郎さん、あんたが神隠しにあったのは、十五年前の春ごろじゃなかったかい？」

「はい。そうです」

「鰹漁師の善太郎さんが、神隠しにあって姿を消したのが春で、戻ってきたのが秋——ま、これもなにか因果があってのことかもしれないが、ところで、善太郎さん、ここの主のお駒さんが殺されたことは知っているね？」

と、重蔵が斬り込んだ。

善太郎は一瞬、びくんと肩を震わせ、

「はい……」

と力なく答えた。

「善太郎さん、あんた、今日一日この部屋で臥せっていたのかね？」

「はい。今朝がたからここと厠（かわや）をいったりきたりしていました」

善太郎は顔を上げて答え、救いを求めるような目で重蔵や京之介、定吉を見ている。

「そうかい。で、善太郎さん、十五年前に神隠しにあったときのことを詳しく聞かせてくれないか？」

重蔵が善太郎のどんな表情の変化も見逃すまいとするかのように、じっと見つめていった。

「はい。あれは、四月の日和のいい日のことでした。わたしは、そこにいるお袖ちゃんと庭で竹とんぼを飛ばして遊んでいたんです」

善太郎が、お袖を見ながらいうと、お袖は緊張した面持ちながら、こくんと頷いた。

「何度かそうやって遊んでいるうちに、お袖ちゃんがもっと遠くに飛ばしてというものですから、力いっぱい飛ばすと、竹とんぼが庭から外のほうへ飛んでいってしまって――わたしは慌てて追いかけていって、裏木戸から外に出ると、大きな男が立っていて、その男のそばに駕籠がありました。わたしは、あっという間にその男が持っていた縄でぐるぐる巻きにされ、猿ぐつわを嚙まされると目隠しをされたまま駕籠に入れられ、どこかに連れ去られてしまったんです」

おどおどしながらも、善太郎の話しぶりは滑らかである。

「どのくらい駕籠に乗せられていたのかわかりません……やがて、潮の香りがしてきて、わたしは目隠しをされたまま船に乗せられ、船底に押し込められました。そして、船が海に出て夜になると、縛られていた縄も、猿ぐつわ、目隠しも取られたんですが、同じくらいの年頃の男の子が何人も泣いていました」

「神隠しじゃなく、人さらい船だったってわけか……」

重蔵は顎を撫でながら、独り言のようにいった。

陰郎茶屋というものがある。大人の男が幼い男の子を金で買い、玩具にする衆道が江戸や大坂、京の街で盛んに行われている。見目形のいい男の子を拐かし、それぞれの街の陰郎茶屋に売り飛ばす組織があることは噂では聞いており、奉行所も探索しているのだが、捕まえられずにいるのが実情だ。

　善太郎の話が本当だとすれば、「加賀屋」に金を要求してこなかったのは、金の受け取りより、売り飛ばしたほうが足がつかず、確実に金を手に入れられると考えたということなのだろうか。

「わたしも、その船は人さらい船だろうと思います。わたしは恐ろしさと家が恋しくてたまらなくなり、朝方居眠りしていた見張りの者の目を盗んで海に飛び込んだんです。しかし、わたしは泳ぎができるわけではありません。すぐに溺れてしまったんですが、気がつくと夜具の上に寝かされていました。その家が房州館山の漁村の網元の家で、わたしは三日三晩眠り続けていたそうです。そして、気がついたとき、わたしはどうしてここにいるのか、自分の名もわからなくなっていたんです。おそらく溺れたときに、岩かなにかに頭をぶつけたせいだろうと思います。わたしを助けてくれたその網元の夫婦には子供がおらず、わたしをそのまま息子として育ててくれて、わたしは漁師として生きてきたんです」

「そんなあんたが、またどうして加賀屋の息子であることを思い出したんだい？」

　重蔵が、善太郎の顔をじっと見つめて訊くと、

「はい。おとっつぁんを船頭に、わたしは若い衆たちといつものように鰹漁に出た今月初めのことです。突然、海が荒れ出して船が沈み、わたしたちは海に投げ出された

らくまた海の中で岩に頭を強く打ち付けたのでしょう。頭からかなりの血を流す大怪我をしたのですが、朦朧とする中でだんだんと自分が何者であるかを思い出してきたんです。そして家に帰り着き、育ててくれたおっかさんを問い詰めたんです。そうしたら、これを――」

善太郎は、首に下げていた二寸ほどの迷子札を外して、三人の前に差し出した。

重蔵が受け取り、その札を行燈の明かりにかざしてみると、確かに「江戸北森下町加賀屋善右衛門息子善太郎」と彫られていて、裏を見ると、「加賀屋」の家紋である四菱の焼き印が押されてあった。迷子札の桐の照り具合といい、文字、焼き印もかなり古いものだということが一目でわかった。

「一緒に海に投げ出されたおとっつぁんはとうとう帰ってこず、おっかさんはわたしに泣いて詫びたんですが、わたしは育ててくれたおとっつぁんとおっかさんに感謝しています。ですが、すべてをすっかり思い出したわたしは、本当のおとっつぁんとおっかさんはきっと心配しているだろう。会いたいと思っているに違いないと思い、こうして戻ってきたという次第で……」

善太郎は苦しそうに顔を歪めている。

（突拍子もない話に思えないこともないが、一応筋は通っている……）

重蔵は胸の内でそうつぶやき、

「お袖さん、あんたも同じ迷子札を持っていると聞いているが、見せてもらえるかい」

と、お袖に顔を向けていった。

「はい。これでございます」

お袖は用意していたのか、それとも善太郎が現れてからというもの、いつも肌身離さず持つようにしているのか、胸元から同じ二寸ほどの桐でできた札を取り出して重蔵に差し出した。

それを手にした重蔵は、行燈の近くの畳の上に善太郎の迷子札と並べて置いた。お袖の迷子札にも『江戸北森下町加賀屋善右衛門娘袖』と彫られていて、裏を見ると、「加賀屋」の家紋の四菱の焼き印が押してあった。善太郎の迷子札と同様、札の照り具合といい、文字の形や古さといい、同じ者が同じころに彫ったものであろうことは疑いの余地がなさそうである。

「お袖さん、おまえさんは二年ほどここにいる善太郎さんと住んでいたんだったね」

重蔵が確かめると、

「はい。三つから善太郎さんがいなくなる五つまで一緒でした」

お袖は消え入りそうな声で答えた。

「お袖さん、本人を目の前にしてこんなことを訊くのはなんだが、ここにいなさる善太郎さんは本人に間違いないと思うかい？」

重蔵が単刀直入に訊くと、善太郎はすがるような目でお袖を見つめた。

お袖はそんな善太郎の視線を外すようにして、

「はい。正直いって、はっきりとはわかりません。ただ、顎のあたりや鼻の形に面影があるような気がします……」

と、お袖は視線を伏せていった。善太郎の顔には、安堵の色が広がったように思えた。

「そうか……善太郎さん、おれもあんたを疑いたくはない。しかし、あんたが戻ってきて、二日目に『加賀屋』の主であるお駒さんが何者かによって無残にも斬殺されたんだ。あんたが現れたことと何か関わりがあるのではないかと考えるのは、十手をあずかるもんの性(さが)のようなものだと思って、気を悪くしないでくれ」

重蔵は厳しい顔つきをしていった。

「気を悪くするなどと、滅相もありません」

善太郎は神妙な顔つきで答えた。

「ところで、もうひとつ確かめたいんだが――善太郎さん、あんたの本当の親、父親の善右衛門さんは三年前、母親のお蔦さんは、あんたがいなくなって半年ほどして亡くなった。だが、育てのおっかさんは房州館山にいなさるんだね？」

「はい……」

「善右衛門さんが後添えにもらったお駒さんも亡くなった今、善太郎さん、あんたが跡取りってことになるにはなるんだろうが、あれかい？　善太郎さん、あんた、善右衛門さんとお蔦さんが決めたとおり、ここにいるお袖さんを嫁にもらって、この『加賀屋』を継ぐつもりなのかね？」

重蔵は探るような目つきで善太郎をじっと見つめている。

「おっしゃるとおり、わたしの実のおとっつぁんもおっかさんも、すでに亡くなっております。それを知ったときは、もっと早くに戻っていたらと、どんなに悔やんだことか……そのうえ、戻ってきた矢先にこんなことが起きるなんて――わたしはどこまで運の悪い星の下に生まれてきたんだと、我が身を呪いたくなります。ですから正直なところ、わたしもこれからどうしたらいいものやら、さっぱりわからないのです」

善太郎のいっていることに、嘘はなさそうだった。おどおどしていたのは、お駒殺しという恐ろしい事件があって動揺しているということなのかもしれない。

　少しの沈黙のあと、

「親分さん、あたしも同じでございます。義理のおとっつぁんとおっかさんが決めたこととはいえ、十五年も前の話で、今はふたりともおりません。それにここまで『加賀屋』の身代を大きくしたのは、新しいおっかさまです。そのおっかさまが亡くなったからといって、あたしと善太郎さんが夫婦になって、この『加賀屋』を継ぐなんて、そんなことをしていいものかどうか……」

　と、お袖は今にも泣きそうな顔をしていった。

「善右衛門さんとお駒さんの親戚たちは、なにかいっていないのかい？」

　重蔵が踏み込んだことを訊くと、年老いた善右衛門の身内や近い親戚はとうに他界しており、お駒の兄家族は神田で紙問屋を営んでいたのだが、四年前の大火事で焼け死に、親戚らしい親戚はいないと、お袖は答えた。

　となれば、あとは番頭の考えを聞くしかないということになる。重蔵は葬儀の仕度が終わるのを見計らって、番頭の佐兵衛のもとにいくことにした。

四

「番頭さん、おまえさんは、ここにいる善太郎を本人だと思うかい？」

帳場にいた番頭の佐兵衛を、善太郎のいる部屋から離れた別の部屋に案内させた重蔵は、畳に腰を下ろすなり単刀直入に訊いた。京之介と定吉も一緒にいる。

「はい。なにしろ十五年も見ていないものですから、そのように申されてもなんとお答えしていいものやら……」

向き合って座っている佐兵衛は、ほとほと困ったという顔をしている。

「遠慮せず、思ったことをいってくれ」

「はぁ……幼いころの善太郎さまの面影はなくはない気がいたします。しかし、善太郎さまは色白で、体つきもほっそりしておりました。でも、目の前におられる善太郎さまは……」

佐兵衛はそこまでいうと口を閉じた。

「では、あの迷子札は本物なのかい？」

重蔵が問い質（ただ）すと、

「あ、はい。あれは浅草の腕のいい碁将棋職人の仁吉さんという人に、先代の善右衛門さまが作らせたものでございまして、昨日、仁吉さんに見せましたところ、間違いないとはっきりおっしゃいました」

と、佐兵衛は答えた。

「では、番頭であるおまえさんは、主であるお駒さんがあんなことになった今、加賀屋はこの善太郎とお袖を夫婦にさせて跡を継がせようと考えているのかい？」

重蔵がなおも問い質すと、

「今はお内儀さまがあのようなことになってしまったばかりで、手前の頭の中は真っ白でございます。ですが、他にどのようなことが考えられましょう？　なにかいいお考えがございましたら、お知恵を拝借しとうございます」

そういわれれば、重蔵と京之介、それに定吉の三人ともなんとも答えようがなく、沈黙せざるを得ない。

少しして重蔵が、

「ところで番頭さん、おまえさん、この店に奉公にきて、どのくらい経つんだい？」

と沈黙を破って訊いた。

「はい。二十三のときでございますから、かれこれ十七、八年になりましょうか」

「二十三のときに？　それまではどうしてたんだね？」

「手前は、もともとお袖さんの実家、四谷の『啓文堂』という筆屋で手代として奉公しておりまして、お袖さんが三つのときにこちらに引き取られて参る際、付添人としてやってきまして、そのまま雇われたのでございます」

「ということは、おまえさんの前の番頭さんはどうしたんだい？」

「はい。先代の旦那さまが亡くなられたときに、暖簾分けの話が出まして……このたび亡くなられたお内儀さまと前の番頭の甚平さんとの間で話がまとまりまして、甚平さんは人形町で『恵比寿屋』という献残屋を営んでおります」

「その甚平さんには、善太郎さんが戻ってきたことは伝えたのかい」

「もちろんでございます。ところが、甚平さんは長患いをしているとかで、こちらに出向くことはできないと申されまして。それに――」

　佐兵衛は、いいにくいことでもあるのか言葉を詰まらせた。

「それになんなんだい？」

　重蔵は、佐兵衛を睨みつけるようにして話を続けるように促した。

「はい。実は暖簾分けのときに、甚平さんは『加賀屋』にいた、手前を除いた奉公人ぜんぶを引き取っていかれまして……」

「つまり、うしろ足で砂をかけるようなことをしたということかい？」

「あ、いえ、傍目にはそう映るかもしれませんが、お内儀さまは、むしろそうしてもらったほうがいいと申されたのです。ですから仲違いになったというわけではないのですが、縁もそれきりになっておりますので、そのうちにこちらから出向いていくべきかどうすべきかとお内儀さまと話し合っていた矢先に、こんなことになってしまいまして……」

「おまえさんがこの店に残ったのは、お袖さんがいたからかい？」

「もちろんでございます。お袖さんが嫁がれるか、善太郎さまが現れるかするまでは、なんとしてもこの『加賀屋』を守らねばと思いまして、お内儀さまに願い出たんでございます」

「それは、殊勝な心掛けだな」

　重蔵が感心していった。

「そんな滅相もございません。手前は、生まれたときからお袖さんを見てまいりましたし、お袖さんも手前によくなついてくれておりましたものですから」

「おまえさんは、通いなのかい？」

「はい。女房をもらいましてからは、裏の長屋に――しかし、子宝に恵まれず、その女房も一年ほど前に流行り病で死んでしまいまして——そんなこともあって、手前にとって、お袖さんはますます大切な娘のように思われてなりません。ですから、お袖さんが幸せになるのを見届けるのが、手前の務めと思っているのでございます」

「しかし、お駒さんは三十。お袖さんは二十。ちょうど十しか離れていない。しかも、なさぬ仲だ。あんまりうまくいってなかったんじゃないのかね？」

考えてみると、お袖にだってお駒を殺す動機がなくはない。例えば、日ごろから早く善太郎など忘れて嫁にいけといわれていた。あるいは、ひょっこり現れた善太郎と夫婦になるのを反対され、ふたりで相談してだれかに殺しを頼んだ——重蔵はそんなこともあり得るのではないかという気がしてきたのだった。

が、番頭の佐兵衛は、

「確かにお内儀さまとお袖さんは、血はつながっておりませんし、年からいって母と娘とはいきませんが、それは仲の良いご関係でした。お内儀さまはお忙しい身ではございましたが、唯一の楽しみは芝居を観ることでございまして、よくお袖さんを連れていっておりましたし、まるで本当の姉妹のような仲の良さでございました」

お駒とお袖が仲良く芝居見物にいくという話は、小夜からも聞いている。なさぬ仲であったなら、一緒に芝居見物などしないだろう。しかし、善太郎が現れてから、ふたりの仲が変わったということはなかったのだろうか。

それとなく言葉を選びながら訊くと、

「善太郎さまが現れたときは、それは驚いておりましたが、お内儀さまはよくできたお人で、もし本物の善太郎さんならば、こんなおめでたいことはない。商いのことはご自分とこの手前とで善太郎さまに教えればいい。これでようやく、楽隠居ができるようになると喜んでいたくらいでございます」

と、佐兵衛はきっぱりとした口調でいった。

少しの間があったあと、重蔵は、

「ところで、肝心なことを訊くのを忘れそうになっていた。まずは、殺されたお駒さんと一緒に出かけていたという、おしんを探し出すことだ。番頭さん、店の者にまだ、おしんは戻っていないか訊いてくれ」

といった。

「は、はい」

佐兵衛はすぐに立ち上がって襖を開けると、

「お～い、お富(とみ)、お富はいるかい」

と、店の奥に向かって叫んだ。

「は〜い、ただいま」

すぐに、がっしりした体格の年増女がやってきた。

「おしんは、まだ帰ってないのかい」

「はい。まだ……」

「いったい、どこをほっつき歩いているんだか、あの子は——」

「番頭さん、おまえさんは、まだいろいろやらなきゃならないことがあるだろ。仕事に戻ってもらっていい。だが、お富さんといったな。あんたには、もう少し訊きたいことがあるから残ってくれ」

重蔵がいうと、お富は急に顔を強張らせて、佐兵衛に救いを求めるような目を向けた。

が、佐兵衛は、

「お富、訊かれたことにはなんでも答えるんだよ。くれぐれも粗相のないようにな」

と言い残して、その場を去っていった。

こういう事件が起きた場合、ひとりひとりに話を訊くのが探索の鉄則なのである。

「お富さん、なにも怖がることはない。訊かれたことに正直に答えてくれるだけでいいんだ」

重蔵は優しくそういい、

「まず、『加賀屋』には何人奉公人がいるんだね」

と訊いた。

お富は、まだ緊張した面持ちながらも指折りしながら、

「番頭の佐兵衛さん、手代の松吉、それに小僧の乙吉、巳之助、弥七、それにあたしとおしんちゃん、あと下男の新八じいさん——全部で八人です」

と答えた。

「おしんて子は、住み込みかね？」

「はい。なんでもここにくる前に両親が亡くなったといってました」

「どんな子だい？」

「まだ十二ですけど、骨身を惜しまない、よく働く子ですよ。あんまりしゃべらない子ですけど、かわいい顔立ちをしてましてね。お内儀さまのお気に入りで、いつもそばに置いているんですよ。お風呂にだってご一緒するくらいです」

「お駒さんとかい？」

重蔵は少しばかり驚いた。店の主が女とはいえ、下女と風呂を一緒に入るなど聞いたことがないからだ。

「はい。それほどお気に入りなんですよ。だけど、なにか下手をしたりすると、お内儀さまは、それは鬼のように怖い顔つきで叱るんです。それもおしんちゃんを思ってのことなんでしょうけれどね」

「おしんは、いつから奉公にくるようになったんだね？」

「前にいた奉公人たちは、人形町の『恵比寿屋』さんにいって、あたしたちはそのあとですから、だいたいみんな一緒くらいに奉公に上がりましたけど、おしんちゃんが一番早かったみたいですね。あたしがきたのが二年前で、おしんちゃんは、あたしより半年くらい前だっていってた覚えがあります。確か、上野大門町の『田島屋』という口入屋さんからの紹介だったはずですよ」

「それにしても、まだ帰ってこないってのは、あんたは、どういうことだと思うかね？」

「さぁ？……」

「お駒さんが殺される前、前々からしつけの厳しさに嫌気がさしていて、外に出たときにどこかに逃げたってことは考えられないかね？」

「まさかぁ。あたしたち奉公人は、叱られてなんぼです。それより心配なのは、無事かどうかですよ。だっておかしいじゃないですか。かわいがってくれていたお内儀さまが、あんなことになったのに姿をくらます奉公人がどこにいますか」

お富はすっかり呆れたという顔をしている。

「確かになぁ……おしんが、いきそうなところに心当たりはないかね？」

「両親は亡くなっているし、親戚もいないっていってましたから、いくとこなんてないはずなんですよ。だから、余計、心配なんです」

「そうかい。わかった。お富さん、あんたはもう戻っていいよ」

と、重蔵は、お富にいい、奉公人たちをまたひとりずつ部屋に呼んで話を聞くことにした。

しかし、これといってなにかひっかかるようなことや、お駒殺しの下手人につながるような話を聞き出すことはできなかった。

「さて、どうしたものか――若旦那は、これまでの話を聞いて、今回のお駒殺しをどう見立てますかい？」

三人だけになると、おもむろに重蔵が声を落として京之介に訊いた。

「うむ。お駒がいなくなって得するやつが、辻斬りに見せかけて殺った――そんなところじゃないのかな」

「なるほど。定吉、おまえはどうだ？」

「へえ。おれも京之介さんとだいたい同じ見立てですが、もっといえば、お袖か善太郎のどっちかか、もしかするとふたりが手を組んで殺ったという線もなくはねぇかと──親分はどう見立てているんですかい？」

「うむ。まだ、まるでわからないってのが正直なところだ。ともかく今は一刻も早く、おしんて子を見つけるのが先決だ。おそらく、その子が見つかれば、下手人につながる手がかりをつかむことができるはずだからな。若旦那、明日の朝、おしんの人相書きを作ってもらってください。定、それを下っ引きたちに配って江戸じゅう探すように伝えてくれ」

重蔵はそういうと、「加賀屋」をあとにすることにした。

五

翌日、重蔵は人形町の「恵比寿屋」を訪ねてみることにした。すると、「加賀屋」の佐兵衛がいったとおり、「加賀屋」の元番頭の甚平は、膝の痛みが酷くて歩くのもままならず、夜具の上で臥せっていた。

「はい。善太郎ぼっちゃんが、十五年ぶりに戻ってきたという知らせは受けましたが、なにぶんこのありさまでして――いや、本来なら先代の旦那さまには本当によくしてもらいましたので、無理をしてでも伺って、こういうときこそご恩をお返ししなければならないのですが、今さらどんな顔をしてお駒さんに会ったらいいのかと……」

甚平は体が不自由になってしまい、すっかり気弱になっているのだろう、目に涙を浮かべている。

「暖簾分けのときに、奉公人をぜんぶ引き取ったことを気にしているのかい」

重蔵が水を向けると、

「はい。わたしは、正直なところ、お駒さんを見くびっていたんですよ。神田の紙問屋のお嬢さん育ちで、しかも気鬱の病持ちで嫁の貰い手がなかった人だと聞いていたものですから。そんな人が旦那さまの跡を継いで商いなど、とてもできやしまいと」

と、甚平は意外なことを口にした。甚平が「加賀屋」の奉公人をすべて引き取ったことは、双方が納得ずくというわけではなかったのである。やはり、裏取りはするものだ。

「甚平さん、おまえさん今、お駒さんは、気鬱の病持ちだったといったが、『加賀屋』ではそんな話をするもんはいなかったが？」

重蔵が確かめるように訊くと、

「そうですか。しかし、わたしは、お駒さんが後添いになると決まったときに噂でそう聞きました。なんでもそれで、お嫁に参ります二年前、一年ほど乳母の実家がある武州の飯能村で養生していたとか」

「武州の飯能村……」

そこにもいってみるとしよう——と、重蔵は思った。

「そんな方ですから、旦那さまの跡を継いで商いなどできるはずもないと思ったわたしは、奉公人はすべて引き取らせてもらいますよ、と半ば喧嘩を売るようなことを申したのです。ところが、旦那さまが亡くなってわずか三年で、わたしの店など比べものにならないほどお駒さんは、『加賀屋』を一層繁盛させました。いやぁ、本当にたいしたお方です。体の調子が少しでもよくなりましたら、無礼を謝りにいきがてら商いのコツを乞いたいと思っています」

どうやら、甚平はお駒が殺されたことをまだ知らないらしい。

重蔵がそのことを告げると、

「なんですって?!　どうしてまたそんなことに……」

と、いったきり、甚平は顔色をなくして絶句した。

「それがわからないから、こうして調べているんですよ。ところで、その善太郎さんのことだが、おまえさんが見れば本物か偽者かわかるかい？」

重蔵が訊くと、甚平ははっとした顔になって、

「もしや、親分さんは善太郎ぼっちゃんが戻ってきたことと、お駒さんが殺されたことに、なにか関わりがあるとお考えになっていなさるんですか？」

と、怯えた声を出していった。

「十五年も行方がわからなかった善太郎さんが現れた二日目に、お駒さんは何者かに刀で斬られて殺されたんだ。間が良すぎるというのか、悪すぎるというのか——事の流れから考えれば、善太郎さんが現れたことと関わりがあるんじゃないかと考えるのが理にかなってるとは思わないかい？」

「はぁ、ですが、わたしに善太郎ぼっちゃんが本人か偽者か見てわかるかとおっしゃられても、なにしろ十五年も経っていますからねぇ……」

甚平は難しい顔になって口をつぐんだ。

が、少しすると、はっと我に返った顔になって、

「あ、そうだ。善太郎ぼっちゃんには、乳母がおりましたよ。確か名は……ああ、条さんです。お条さんなら見分けることができるかもしれません。ですが、それもお条さんが生きていればの話ですが——」

甚平の話によると、当時、お条は「加賀屋」の裏の八兵衛長屋に住んでおり、善太郎が生まれてから三つになるまで乳母をしていたという。

(待てよ。「加賀屋」の今の番頭、佐兵衛も「加賀屋」裏の長屋に住んでいるといっていたはずだ。なのに、お条の話が出なかったのはどういうことだろう。別の長屋なのか? いや、別の長屋だとしても、これほどの騒ぎになっているんだ。乳母だったお条が近くに住んでいるなら、すぐにいうはずだが……そうか。三つまでの乳母ということだから、佐兵衛もお袖もまだ「加賀屋」にくる以前の話で、そもそもお条のことを知らないか、お条はもう近くの長屋に住んでいないのかもしれないな……ま、八兵衛長屋にいって確かめりゃ済むことだが——)

「恵比寿屋」をあとにした重蔵は、八兵衛長屋にいく前に、おしんを「加賀屋」に紹介したという上野の大門町にある口入屋、「田島屋」にいってみることにした。

口入屋は、紹介した奉公人が給金を受け取っていながら働かないで逃げ出す〝欠落〟をした場合、代わりの奉公人を派遣することになっている。また、紹介した奉公人が奉公先の金を盗む〝取逃〟や〝引負(使い込み)〟をした場合は、即座に雇い主に返金する義務が課せられていたり、その他にもなかなか厄介な決まり事がいくつもある。

だから、口入屋はその奉公人の在所や請け人の名など、しっかり調べなければならないのである。おしんは、いまだに行方知れずなのだが、口入屋の「田島屋」にいけば、どこにいるのか手がかりが摑めるかもしれない。そのためにも重蔵は、おしんを「加賀屋」に紹介したのは本当に「田島屋」なのかどうか裏を取ってみようと考えたのである。

そして、向かった先の「田島屋」で、重蔵は驚くべき事実を知ったのだった。

六

二日後——重蔵は老婆を伴って、京之介とともに「加賀屋」に向かった。

「加賀屋」に着き、通された部屋には、真新しいお駒の位牌が祀られており、番頭の佐兵衛と善太郎、お袖が顔をそろえている。

まず、重蔵が口を開いた。

「善太郎さん、あんた、この婆さんがだれだかわかるかい？」

善太郎の顔が引きつった。

「…………」

「おや、善太郎さん、顔色が急に悪くなったようだが、どうしたんだね？」

重蔵が善太郎をまっすぐに見つめて問い質したが、善太郎は目を背けたまま答えようとしなかった。

室内は次第に重苦しい沈黙に包まれていった。佐兵衛とお袖は、おろおろしながらいつまでも口を開こうとしない善太郎と老婆を交互に見やっているが、老婆はうろたえることもなく、端然としている。その横にいる京之介は、所在なげにしている。

やがて、重蔵が沈黙を破った。

「善太郎さん、この婆さんは、おまえさんが三つになるまで乳母をしていたお人だ。おまえさんは、このお人のお乳を飲んで育ったんだ。様子は変わっちまっただろうが、よもや名まで忘れたなんてことはないだろ？」

重蔵が言葉遣いは穏やかだが、じりじりと追い詰めるようにいうと、善太郎は膝に置いた両手を強く握り締め、口をへの字にしてまったく開こうしなかった。

そんな善太郎の横に座っているお袖は、不安そうな顔つきで善太郎の横顔を見つめており、反対側で善太郎の横顔を見ている佐兵衛は成り行きを見守ることにしたのか、落ち着きを取り戻している。

「善太郎さん、まぁ、古い話だから仮に名を忘れたとしよう。しかし、このお粂さんは、おまえさんの小さいころのことはすべて覚えているそうだ。生憎（あいにく）、目を患っていて、目の前のおまえさんの顔をはっきりと見ることはできないが、おまえさんが善太郎かどうか見分ける手立てがあるそうだ。お粂さん、そうだね？」

重蔵がそう促すと、お粂は白濁した目を善太郎に向けて、

「はい。善太郎ぼっちゃんには、股（また）の付け根に赤黒い銀杏（いちょう）の形をした痣（あざ）がございました。おしめを替えるときにいつも目にしておりましたから、忘れようもありません。その痣があれば、間違いなく善太郎ぼっちゃんでございます」

と、はっきりした口調でいった。

「善太郎さん、どうだい？　その痣、あるのかないのか、この際、恥ずかしがってる場合じゃないだろう。この場で、素っ裸になって見せてもらおうかっ」

重蔵が語気を強めてなおも追い詰めるようにいうと、善太郎は、もはやこれまでとばかりに、膝に置いていた両手を膝から離すと、ばっと畳の上につけ、額（ひたい）を畳にこすりつけて口を開いた。

「す、すみません。わたしは、房州館山の漁師で源太郎（げんたろう）と申します。善太郎ではございません。どうか、お許しくださいっ……」

お袖も佐兵衛も驚愕の色を顔に浮かべている。

「ほぉ、おまえさん、源太郎というのかい。じゃあ、どうして自分は善太郎だなんて嘘をついたのかね？」

　重蔵は驚くふうもなく、優しく諭すようにいうと、源太郎は訥々と話しはじめた。

「はい。わたしがいったことは、すべて善太郎から聞いた話なんです。わたしと善太郎は同い年で、小さいときから大の仲良し。あの日、善太郎の育ての親のおとっつぁんが船頭を務める船で漁に出て嵐に遭い、船に乗っていた者すべてが荒れ狂う海に放り出されたのですが、わたしと善太郎のふたりだけが運よく浜に打ち寄せられました。しかし、善太郎は岩に強く頭を打ちつけ大怪我をしたのですが、その時に、善太郎はすべてを思い出したんです。そして養生しながら、子供のころのことをくわしく話してくれたのですが、怪我をしたところに毒を持つ小さな虫が入り込んで、とうとう……そして、いよいよとなったとき、虫の息で、自分のことを『加賀屋』にいる本当のおとっつぁんとおっかさん、そしてお袖ちゃんに伝えてくれと言い残して死んでしまったんです。わたしは善太郎の家に亡骸を運び、そのことをいうと、育ての親のおっかさんは自分たちが息子にしたのがいけなかったんだと声をあげて泣きながら、あの迷子札をわたしに手渡したんです」

「しかし、どうしておまえさんは、善太郎に成りすまそうとしたんだね？」

「それは……」

　源太郎がいい淀むと、

「そこまでいったんだ。すべて白状して楽になったほうが身のためってもんだよ」

　重蔵が促した。

「お袖さんが、あまりにもきれいな人だったもので……それに、だれも疑うような人がいなかったので、つい……」

「疑う人がいなかった？――そうかい。じゃあ、もうひとつ訊くが、おまえさんはこの加賀屋のお内儀、お駒さんを斬り殺したのは金目当ての辻斬りだと思うかね？」

　重蔵が源太郎を睨みつけながら近くにすり寄って訊くと、

「わ、わたしにはなんとも、申し上げようがありません……」

と、視線を外していった。その顔には、怯えの色が広がっている。

「いや、おまえさんは、薄々だれがお駒さんを殺したのかわかっているはずだ。違うかいっ?!」

　懐から十手を取り出した重蔵が、それを源太郎の左肩にビシッと叩きつけるように置くと、源太郎は観念したようにがくっと肩を落とした。

　すると、

「お、親分さん、手前どもには親分さんがいったい何をいっているのか、さっぱりわかりません――」

さっきまで落ち着きを取り戻していた佐兵衛が、急におろおろしながら重蔵に向かっていった。

「ほぉ、番頭のおまえさんもわからないっていうのかい……」

重蔵は、源太郎の左肩に置いていた十手を佐兵衛の鼻先に向けていった。

「はい、一向に……」

「そうかい。いよいよ若旦那の出番がきたようだ。おい、定っ――」

重蔵が襖に顔を向けていった。

すると襖が開き、定吉が髪を角大師に結った、利発そうな顔をした男の子を伴って入ってきた。

佐兵衛、お袖、源太郎の三人は、きょとんとした顔をして、その男の子を見ている。

「まだわからねぇのかい。よーく、この坊主の顔を見るんだっ。見覚えがあるだろうっ」

定吉が苛立って声をあげていうと、

「――もしかして、おまえは、おしん？……」

声を出したのは、お袖だった。その声は震えている。佐兵衛は顔を歪め、悔しそうにしている。

「慎坊、お駒さんを殺したのは誰だい?」

重蔵が優しい口調で促すと、〝おしん〟こと〝慎太郎〟は、佐兵衛をきっと睨みつけ、ゆっくりと、しかし、まっすぐに佐兵衛を指さした。

「ち、違うっ、わ、わたしはなにも知らないっ、わたしはなにもっ……」

佐兵衛はそう叫ぶようにいうと立ち上がり、水の中を泳ぐように両手で空を掻いて部屋から逃げようとした。

が、京之介の近くを通ったとき、京之介は横に置いてあった大刀の鞘を素早く持ち上げ、佐兵衛の脛に強く当てた。

「うわっ」

と、声をあげて畳の上に倒れ込んだ佐兵衛に、京之介は、

「往生際が悪すぎるなぁ」

と、冷たい笑みを浮かべていうと、鞘から大刀を抜いて、佐兵衛の目の前に刃を差し出した。佐兵衛は怯えた顔をして、「ひっ」という声を漏らした。

「佐兵衛、気がつかなかったかい。おれが持ってきていたこの刀は、この『加賀屋』

にある名刀、正宗だ。よーく、見ろ、刃こぼれしてるだろ。おまえのような刀を使ったことのない者が人殺しに使うと、こうして名刀でも刃こぼれしてしまうもんなんだっ」

京之介は、お駒殺しの下手人が佐兵衛だとわかった昨日、念のために「加賀屋」にいき、ひと振りだけあるという正宗をお袖に見せてもらったのである。

京之介が、お駒が殺された日の夜に重蔵たちと「加賀屋」にきて、番頭の佐兵衛に「名刀を扱うことはあるか」と尋ねたのは、お駒の体に刻まれていた斬り口を見て、名刀に斬られた鮮やかな斬り傷だが、振り切れていない使われ方から、下手人は腕の鈍った侍か、剣術の鍛錬をしていない素人が斬りつけて殺したと判断した。

だとすると、その名刀は刃こぼれしているに違いないと推測したのである。そして、正宗を見せてもらうと、血はきれいに拭き取られていたが、案の定、刃こぼれしていた。それで、お駒殺しに使われたに違いないと考えたのだった。

京之介が、佐兵衛に向けている名刀、正宗の美しい刃文の先端の部分が、確かにギザギザに刃こぼれしているのが遠目にもわかる。

そして京之介の目には、激しい怒りの色が宿っていた。そんな京之介を、重蔵ははじめて見た。刀は武士にとって魂だとよくいわれるが、侍であり、剣術の達人である京之介は、名刀中の名刀のひとつである正宗が素町人の佐兵衛によって、人殺しの道具に使われ、刃こぼれさせて駄目にしてしまったことが、よほど腹に据えかねるのだろう。京之介の全身から殺気にも似た怒気が放たれている。

「も、申し訳ございませんでしたっ。すべてはわたしがやったことでございますっ……」

観念した佐兵衛は、両手をついて土下座し、額を畳にこすりつけて罪を認めた。

そんな佐兵衛に、重蔵は懐から捕縄を取り出し、

「佐兵衛、神妙に縛に就けっ」

といって捕縛し、京之介とともに佐兵衛を大番屋へ連れていったのだった。

七

「それにしても、下女として働いていた、おしんて子が、お駒さんの息子だったとはねぇ」

その夜、居酒屋「小夜」の二階の部屋で重蔵と京之介、定吉が顔をそろえているところへ、小夜が銚子数本と肴を持ってきていった。

「うむ。おれも、はじめ見たときは驚いた」

　小夜に酒を注いでもらいながら、重蔵がいった。重蔵は二日前、おしんを「加賀屋」に奉公人として紹介した口入屋の「田島屋」にいって、おしんのことを尋ねると、おしんを連れてきたのは「加賀屋」の殺されたお駒本人で、迷惑はかけないからここの世話で奉公にきたことにしてくれといわれ、切餅――つまり、二十五両もの金を差し出したといったのだった。

「田島屋」の主があっさり口を割ったのは、お駒が何者かに斬殺されたという話を耳にし、恐怖にかられたからである。

　そのことを聞いた重蔵は、これまで「加賀屋」で起きた出来事や見聞きしたことを順に思い返してみた。すると、それらのひとつひとつの点と点がひとつにつながり、一本の線になって見えてきたのだった。

　重蔵はふたたび「恵比寿屋」に戻り、甚平からお駒が気鬱の病で養生していたという乳母の実家がある武州の飯能村のことを詳しく訊き出し、わずかな手がかりをもとに二日がかりでついに探し出すことができたのである。

　そして、やっと見つけることができた。お駒の乳母は、常磐町一丁目で小間物屋を営んでいる息子の家に住んでいることがわかり、その家にいくと目を患った乳母と、おしんこと慎太郎がいたのだった。

　乳母の話によると、二年ほど前、お駒が飯能村の家に突然やってきて、慎太郎と乳母にこれまで放っておいたことを泣いて詫び、慎太郎を引き取りたいといったのだという。

　二年前といえば、「加賀屋」の主だった善右衛門が病で死んで半年経ったころである。その際、乳母の息子が小間物屋で番頭をしていることを知ると、お駒は乳母が目を患っていることだし、息子を独立させて小間物屋を営ませてはどうか。店を開くのに必要な資金の一切合切は、自分が面倒をみるし、場所は深川にすれば慎太郎とも会えるからと説得したのだった。

　お駒は十八のときに宮芝居（みやしばい）の旅役者に惚れ、子を宿したことをその役者が旅に出た後に知った。だが、父親のいない子を産むわけにはいかない。そこで、神田で紙問屋を営んでいる両親は、周囲には気鬱の病だと称してお駒の乳母の実家に預け、慎太郎を産ませたのだった。

　そして、「加賀屋」の後添えとなったのだが、善右衛門も死に、その前に火事で両親と兄家族も失い、身寄りがいなくなったお駒は、自分の唯一の肉親であり、腹を痛めた我が子が恋しくてたまらなくなったのである。

だが、引き取ったとしても、すぐに不義の子である慎太郎を跡取りにするとはいい出せなかった。もちろん、恥ずべき話ではあるし、そんなことが世間に知られれば、せっかくこれまで必死になって築いてきた信用にも傷がつき、店が傾きかねない。

そこで、お駒は番頭だった甚平に暖簾分けの話を持ちかけ、奉公人すべてを引き取ってもらうことにした。

問題は、お袖とその付添い人として番頭になった佐兵衛だったが、お駒は近いうちにお袖に申し分のない金子を渡してどこぞに嫁に出し、佐兵衛もそのまま付いていってもらう腹積もりでいた。

それまでは、自分の子だということを誰にも気づかれないように慎太郎の「慎」の字をとって、「おしん」と名乗らせて下女に仕立て、商いを仕込もうと考えたのである。慎太郎が下女ではなく、自分の息子であることや、それを世間に知られたとしても大丈夫なようにするのはどうすればいいかは後々考えるとして、今は一刻も早く慎太郎に商売を教え込むことがなにより先決だと考えたのだろう。

「献残屋だけに中身は同じでも、包みを替えればわからねぇ――商才のある頭のいいお駒さんだ、さすが、うめぇこと考えたもんですよ」

定吉は、自分で自分のいったことに満足したように盃をうまそうに飲み干して、続けた。

「ですから、おしんは口数が少なかったってぇわけでさぁ。慎太郎は、おっかさんと暮らせるのはうれしかったが、ただひとつお駒さんと一緒に風呂に入るのは困ったといってやしたよ。年頃ですからね」

「だが、お駒さんにしてみたら、風呂に息子と一緒に入れるときだけが親子水入らずになれる、幸せを感じることができたひとときだったんだろうな」

重蔵がしみじみとした口調でいった。

「でも、そんな矢先にひょっこりお袖ちゃんの許嫁だっていう善太郎さんが現れたでしょ。お駒さん、慌てたでしょうね」

小夜が悲しそうな顔をして口を挟んだ。芝居見物を一緒にした仲だったお駒が殺されてしまったことを改めて思い出し、可哀そうになったのだろう。

「そうなんだが、善太郎を騙(かた)った源太郎って野郎は、はじめから騙(だま)すつもりじゃなかったようなんだ」

「どういうことですか？」

小夜が、柳眉をひそめて訊いた。

「『加賀屋』を訪ねてきた源太郎に応対した番頭の佐兵衛が、成りすますように仕向けたっていうのが本当のところのようなんだ。それというのも、佐兵衛は一年前に女房を亡くしてから、だれもいない家に帰るのが侘しくなったんだろう、つい博打に手を出すようになってしまって、とうとう店の金を〝引負〟するようになっていったのさ」

「そこへ源太郎がひょっこり現れた。いつかお駒に見つかるに違いないと思っていた佐兵衛は、源太郎を善太郎に仕立てて、『加賀屋』を乗っ取ろうと思いついたというわけさ」

京之介が好物の鰻の蒲焼を載せた丼を口に運びながらいった。

「貧すれば鈍するって、その佐兵衛って人のことをいうのね」

小夜が、眉根を寄せて怒りの色を顔に浮かべていった。

佐兵衛から善太郎に成りすます話を持ちかけられた源太郎は驚いたが、貧しくていつも命の危険が伴う漁師に戻るより、きれいなお袖を嫁にできて、そのうえ「加賀屋」の主に納まることができればこんないい話はないと、つい出来心で佐兵衛の話に乗ったのである。

「一方のお駒さんも善太郎が現れて困ってしまった。そこで、お駒さんは佐兵衛に前々から、お袖を嫁に出そうと考えていたことを伝えた。たとえ、善太郎が本物だったとしてもね」

重蔵がいうと、それを受けるようにして、

「すると、店の金を〝引負〟し、乗っ取りを考えていた佐兵衛は、いよいよ窮地に追い込まれ、この際とばかりにお駒殺しを決めたのさ」

と、京之介がいった。

佐兵衛は店で引き取った名刀、正宗を手に辻斬りに変装し、お駒とおしんが暗闇の道を通ったときに斬りつけたのである。

が、お駒は体を張って、おしんを守り、逃げるように叫んでこと切れた。

それを知って怖気づいたのは、源太郎である。かといってなにもかもしゃべってしまえば、今度は自分の命も危なくなる。善太郎に成りすましていた源太郎が、おどおどしていたのは、そういうことだったのだ。

「でも、おしんちゃんが自身番屋に駆け込んだら、それでいっぺんに事件は解決したのに、どうしてそうしなかったのかしら」

小夜が小首を傾げて訊いた。

「番屋にいけば、男の子だということがわかってしまうし、どうして下女に成りすましていたのかということを説明しなければならなくなる。とどのつまり、自分が不義の子と知られ、母親であるお駒の恥を世間に知らせることになってしまうと思ったんだといってたよ。まったく慎太郎は、まだ十二だというのに、お駒さんに似て利発な子で驚いたよ」

　重蔵がいうと、

「それに仮に訴え出たところで、佐兵衛が知らぬ存ぜぬを決め込めば、ますますおしんこと慎太郎はおかしな立場に追い込まれるどころか、命がなくなるかもしれねぇ。そう考えて、よく顔を見せにいっていた常磐町一丁目の乳母の家にいって匿（かくま）ってもらっていたんでさぁ。そんな慎太郎の胸の内を汲んだ親分が、自分が力になるからと懸命に諭してくれたってぇわけですよ」

　と、定吉が付け加えた。

「さすがは、重蔵親分ね」

　小夜は、重蔵に酒を注ぎながらいった。

「それだけじゃない。親分は番頭の佐兵衛の身辺を洗い、佐兵衛が博打にはまって店の金を〝引負〟していることを突き止めたうえに、お駒の乳母をとっくにあの世の人になってしまっている善太郎の乳母のお条に仕立てて賭けに出たんだ」

　鰻の蒲焼が載っている丼を食べ終えた京之介は、満足そうな顔をしていった。

「へへ。善太郎の股の付け根に銀杏の形をした痣があるなんざ、真っ赤な出鱈目。乳母違いだが、中身は乳母に違ぇねぇんだ。こちとらも、お駒さんの真似事をしてやったら、まんまとひっかかったというわけさ。ねぇ、親分」

「実のところ、源太郎が白状するかしないか気が気じゃなかったがな……」

重蔵は苦笑いを浮かべていった。

「それで、親分、『加賀屋』さんは、これからどうなるんです？」

小夜が訊くと、

「心配ない。元『加賀屋』の番頭だった『恵比寿屋』の主の甚平さんが、せめてもの罪滅ぼしにと自分が後見人になって、信用の置ける番頭を『加賀屋』に送り込んで、慎太郎を立派な跡継ぎにしてみせると約束してくれたからね」

と、重蔵は答えた。

「そう。これでお駒さんも、ようやく成仏できるわねぇ……」

お駒と仲がよかった小夜が袖で目頭を押さえながら、しんみりした口調でいった。

八

それから十日ほどして、重蔵のもとにお袖から文が届いた。重蔵と京之介は番屋廻りを終えて居酒屋「小夜」で飯を食うといっていたので、髪結い仕事を終えた定吉が文を持って、「小夜」にいって手渡した。

「なんて書いてあるんです？」

文を読み終えた重蔵に定吉が訊くと、

「お袖さんは、善太郎の墓参りがしたいと源太郎と一緒に房州の館山にいったんだが、そのまんま善太郎の育ての親のおっかさんのもとに留まって、嫁としておっかさんの面倒をみることにしたそうだ。そうしたところ、そのおっかさんが、ならばいっそのこと、お袖さんに源太郎を婿にもらって、網元を継いでくれと頼み込まれて、そうすることにしたそうだ」

文に目を通した重蔵が、ざっと書いてある内容を定吉と京之介、そして小夜に伝えた。

「ふーん。お袖は、『加賀屋』に姿を見せたときから、源太郎のことが気に入ってたんだろうな」

京之介が、冷えた麦茶を飲みながらいった。

「しかし、まさかこうなるとは、男と女の仲はわからないもんだ。こういうのをなんていうんだっけな？　昔、だれかから聞いた覚えがあるんだが、思い出せない」

と、重蔵がいうと、

「合縁奇縁（あいえんきえん）てやつですよ」

と京之介がいった。

「あ、そうだ。そんな言葉だった」

重蔵はすっきりした顔になっていった。

「京之介さん、なんです、その〝あいえんきえん〟て？」

定吉が首を傾げて訊いた。

「人と人——特に、男と女が縁によってめぐり合うのは、奇妙な因縁によるものだという、仏様の教えさ」

京之介が、うっすらと笑みを浮かべながら、さらりとした口調でいった。

「へえー、京之介さんは物知りだなぁ。感心すらぁ」

定吉はそういって、うまそうに酒を口に運んだ。

（合縁奇縁――千坂の若旦那や定吉さんだけじゃなく、深川じゅうの人たちが慕う重蔵親分とわたしも、合縁奇縁で結ばれていたらいいのだけれど……）

和気あいあいと楽しそうに飲み食いしている重蔵の姿を見ていると、小夜はほっこりとした気持ちになり、自然と顔がほころんでくるのだった。

第四話　恩讐の果て

一

秋が深まったある日、木枯らしが強く吹く中を重蔵は懐手をして、今しがたまで町奉行所の本所見廻に集まった旦那がたから聞かされていた話を思い返しながら帰り道を歩いていた。

（ふむ。確かに道端で暮らす者たちがますます多くなっているな……）

重蔵は竪川に架かる一ツ目之橋近くで足をとめ、道端で座り込んでいる継ぎはぎだらけの貧しい身なりをした者たちを見ながら、胸の内でつぶやいた。

このところ、大川から東側の町、特に本所や深川の町のほうぼうに道端で暮らす者が多くなった。そういう者たちをこのまま放っておくわけにもいくまいと、旦那がたが気にしはじめ、大川より東側の町々を縄張りにしている岡っ引きたちが呼び集められたのである。

　十人ほどの旦那たちの中には、千坂京之介の姿もあったが、同心としては若輩者だからだろう、所在なげに先輩方の話を聞くともなしに聞いているふうだった。

　道端で暮らしている者たちは、体の不自由な者も多くいるが、それほど年をとっていない男たちのほうが多いくらいである。老女や幼子の姿がないのは、その家の若い女たちが女郎屋などで身体を売り、その金でなんとか暮らすことができているからだろう。

　どうしてこうも道端で暮らす達者な男たちが増えてしまったのかといえば、理由は単純明快である。ここ数年、米の不作が続き、百姓をやっていては食っていけない男たちが江戸に仕事を求めてやってきているのだ。だが、米の不作が続けば、景気が悪くなるのは当たり前の話で、回りまわって職人たちの仕事や商人たちの商いも減り、日雇い仕事までもどんどんなくなっていき、江戸近在からやってきた者たちは長屋に住むこともできず、道端で暮らすほかなくなったというわけである。

　わずかばかりの金を得る仕事さえもないとなれば、体が達者な者たちが悪い道に走るのは目に見えている。かといって、道端で暮らす者たちをひとところに集め、景気がよくなって彼らに仕事が見つかるまで面倒を見るなどという余分な金は、御番所にはない。そこでそれぞれの町を縄張りにしている岡っ引きたちを集めて相談ということになったのだ。

旦那がたは、本所深川一帯の裕福な商人や地主連中、町役人たちから寄付を集めて、道端で暮らす者たちのためのお救い小屋を作ろうと考えているのだった。

だが、寄付がどれくらい集まるのかもわからないし、町役人たちが力になってくれるかもわからない。いずれにせよ、急場しのぎの窮余の策であることには違いないが、なにもしないよりはましである。なにしろ、まもなく冬がやってくる。このまま道端で暮らす者たちを放っておけば、飢えて体が弱って凍え死ぬ者がきっとたくさん出てくるだろう。そうなれば、その亡骸の片づけに自身番屋の番人や町役人、それに岡っ引きも駆り出されて大変な思いをすることになる。そんなことを避けるためにも、せめて寒さをしのげるお救い小屋を建てるしかない。もちろん、奉行からも口添えはするから、顔の利くおまえたちも力になってくれというのである。呼び集められた岡っ引きたちは、みんな頷き合って、奉行所をあとにしたのだった。

町奉行所の旦那たちが気にしはじめるよりもずっと前から、そうした道端で暮らす者たちの姿が気になっていた重蔵は、どうして大川より東の自分の縄張りにそんな者たちが多くなったのか、そのわけを知ろうと日本橋通りや神田近辺を仕切っている岡っ引きたちに当たってみた。すると、合点がいく答えが返ってきた。本所深川一帯の人々が「江戸」と呼ぶ大川の西側の大店（おおだな）や武家屋敷が多いところでは、木戸番も自身番屋もうるさいし、町そのものの目も厳しいので、道端暮らしがしにくいのだろうということだった。

　それでも昼間は大川の東側から西側にいって、盗みやスリをして稼ぐ者もいるだろうが、日が落ちるころには神社や寺が多い深川や本所といった東側に戻ってきて、神社の境内や寺の軒下、空き家になっている長屋などを塒（ねぐら）にしているのだ。

（雪が舞う前には、せめて寝泊まりできる小屋くらいは建ててやりたいものだが、世の中は、そう甘くない。ともかく足を棒にしてでも寄付を頼みまわるしかないな……）

　重蔵は、道に落ちている枯葉が舞う中を、木場に向かって足早に歩きはじめた。木場は材木商が数多くある町だ。重蔵はまず、その木場を火事から守っている町火消しの南組壱組二番頭の辰造に力を貸してもらおうと考えたのである。町火消しは、江戸庶民にとって人気の職業で、男気があることを第一の信条にしている男たちが集まっている。その中でも、纏（まとい）持ちの辰造は、群を抜いて粋（いき）で鯔背を絵に描いたような情の厚い男だ。

そんな辰造と重蔵は今年の春、辰造の幼馴染の長吉が中川町の糸問屋、「多賀屋」の主の九兵衛が囲っていたおみちという女と三角関係になり、こじれた挙句に九兵衛がお内儀の企みで殺されるという事件が起きたとき以来、殊更親しくなっていた。

辰造は深川本所南組壱組の頭領のひとり娘、お園の婿なのだが、五十を過ぎた義父は来年には隠居することになっており、辰造が南組の頭領になることは深川じゅうの人々に知れ渡っている。そんな顔の広い辰造に、今回のお救い小屋の件を話せば、きっとなんらかの力になってくれるはずだと重蔵は踏んだのだ。

「これは重蔵親分、お久しぶりです。ささ、お上がりになってください」

男ぶりのいい辰造は、重蔵を喜んで迎えてくれた。

茶の間に通された重蔵が、お救い小屋の件を手短に話すと、

「わかりました。この木場の材木問屋は、身一つで身代を築いた苦労人が多いうえに店同士の横のつながりが強ぇんです。あ、そうだ。以前、深川の材木問屋の元締めをしていた『大黒屋』を重蔵親分がお縄にしてくれたおかげで、うちの近くの『長野屋』ってぇ材木問屋が元締めになったことは知っているでしょう。そこの若旦那とは昵懇の仲です。お救い小屋のことを話せば、きっと助けになってくれますよ」

と、さっそく辰造は心強いことをいってくれた。

長い間、深川一帯の材木問屋の元締めをしていた「大黒屋」の主・与左衛門（よざえもん）は、お上が費用を出す殿舎や寺社の造営、修復などに必要な材木の伐採や石の切り出し、運送、買収・管理など一切を司る材木石奉行の役人たちを賄賂（わいろ）漬けにして、入札の情報をいち早く仕入れていた。そして、それをもとに自分の思うがままに談合を取り仕切ることで、深川一帯の材木問屋の元締めとして君臨してきたのだった。

だが裏では、支払い期限を守らない卸先の材木商や石材商がいると、用心棒として雇っている浪人たちを出張らせて、金目の物をありったけ持ってこさせたり、金目の物で足りなければ、高い利子をつけて支払いを求め続けていたのである。その大黒屋の主の与左衛門が、昨年の四月に数年前から台頭してきた尾上町（おのえちょう）の材木問屋の「高田屋（たかだや）」の木場の寮に付け火をして大火事を起こさせたように見せかけ、その下手人（げしゅにん）を「高田屋」の主の庄右衛門（しょうえもん）に仕立てようとしたのだが、その目論見を重蔵に暴かれて火あぶりの刑が下ったのである。

もちろん、そのときの木場の大火事で活躍したのは、木場を受け持つ南組壱組の纏持ちの辰造だった。

「そうかい。辰つぁんがそういってくれりゃあ、心強い。ありがとうよ」

辰造のお内儀のお園が淹(い)れてくれたお茶をひと啜りすると、重蔵はすぐに立ち上がった。

「重蔵親分、もういかれるんですかい。久しぶりに会ったんです。も少しいいじゃねえですか」

辰造がいうと、

「そうですよ、親分、ゆっくりしていってくださいな」

辰造と似合いの美しい顔立ちをしたお内儀のお園が聞きつけて、台所からやってきていった。

「そうしたいところだが、冬がくる前になんとかして道端で暮らしている者たちが寝泊まりできる小屋を建てる算段を一刻も早くつけなきゃならないんだ」

「わかりました。親分、おれも他に力になってくれるところがないか探してみますよ」

「うむ。頼む。それじゃ」

重蔵は微笑(ほほえ)んで、辰造の家をあとにした。

二

辰造の家をあとにした重蔵は、寒い中を深川一帯の商人や町役人の家々にいき、もっぱら情に訴えて回ったが、思った以上に難航した。

彼らにしてみれば、道端で暮らす者たちなど目障りなうえに盗みやスリを働く迷惑な存在なだけで、そんな者らを助けるためにお救い小屋を建てるから寄付をしてくれといわれても、どうして自分たちが爪の垢ほどの利にも繋がらないことをしなければならないのだという思いなのだろう。

(商人を口説いて利に繋がらない金を出させようというのは、尼さんを口説き落とすより難しい。だれがいったか忘れたが、まったくそのとおりだ……)

木枯らしにあおられながら、重蔵は門前仲町の「白木屋」に足を向けた。初夏のころに、「白木屋」で起きた事件を重蔵は、内々に済ませて世間に知られないようにした。

だが、重蔵の足取りは重かった。「白木屋」に寄付を頼むのは、恩着せがましい行いのように思えてしょうがなかったのだ。ところが、である。

「重蔵親分のお話、しっかり承りました。おいくらくらい必要なのか、遠慮なくおっしゃってください。すぐにご用意させていただきますから」

番頭の嘉平に茶の間に通されると、すぐにお内儀のお市が徳太郎を伴ってやってきてそういってくれたのだった。主の徳右衛門が亡くなってからくるのを控えていたのだが、お市は顔色もよく、以前よりずいぶんふっくらとして落ち着いているように見えた。相も変わらず整った顔立ちをしていたが、ふっくらしたぶん穏やかな美しさが漂っている。お市の隣に座っている跡継ぎの徳太郎は、少し見ないうちに亡父の徳右衛門の面影が色濃くなっていて、まだ十八、九と若いが頼もしさを感じさせる若者になっていた。

「お内儀さん、ありがとう。助かります」

重蔵がいうと、

「親分、なにをおっしゃるんです。親分のおかげで『白木屋』は潰れずにすんだのです。それを考えれば、たとえ百両、いやもっと必要だということになったとしても、喜んで承ります」

徳太郎がしっかりした口調でいった。

「そのとおりですよ、親分。両親に捨てられて苦労したわたしには、道端で暮らさなければならない人たちのことを他人事とは思えません。お金の他にも、わたしにできることがありましたら、お手伝いをさせてください」

と、お市は懇願したのだった。

「お内儀さんと徳太郎さんの言葉、頑なに寄付を出そうとしない連中を集めて聞かせてやりたいもんです」

重蔵には、お市と徳太郎の頭に後光がさして見えた。

（人というのは、貧の苦労を一度は味わってみるもんだな……）

重蔵はそう思いながら、「白木屋」をあとにした。


その日の夕方、京之介と一緒に番屋廻りをしていた重蔵のもとに、もうひとつ吉報が届いた。町火消しの南組壱組の辰造の使いの者がやってきて、深川一帯の材木問屋の元締めの「長野屋」が、自分のところの材木置き場の隅を空けて、すぐにもお救い小屋を建てはじめると約束したということを知らせてきたのだ。それればかりではない。木場の材木商たちが、代わる代わる炊き出しのための女中たちを用意するといってくれたというのである。

これで紙問屋のお市と徳太郎が、炊き出しに必要な額の寄付をしてくれれば、かなりの数の道端で暮らす者たちの食い扶持を確保できる。

番屋廻りを終えた重蔵が、髪結いの「花床」を閉めた定吉を伴って、晩飯を食べに居酒屋「小夜」にいくと、少しして千坂京之介がやってきた。

「若旦那、どうしたんです？」

重蔵と番屋廻りを終えた京之介は、奉行所にいくといって別れたばかりだったのである。

「うむ。実は、親分と別れたあと、奉行所にいって、親分が材木問屋の『長野屋』と木場の材木商たちから協力をとりつけた件、それに『白木屋』が寄付してくれる約束をつけたことを、今回のお救い小屋の発案者である筆頭与力の高橋様にお伝えしにいったんだ。そうしたら、高橋様はたいそうお喜びになってね。それを伝えたくて、ここにきたってわけさ」

京之介が、薄い笑みを浮かべていった。

「若旦那、いらっしゃいまし。ご注文、なににいたしましょう？」

小夜が運んできた盆には、秋らしく栗飯に松茸の吸い物、秋刀魚の塩焼きが載っていて、それを重蔵と定吉の前に置きながら訊いた。

「じゃ、親分たちと同じものを頼む」

「かしこまりました」

「親分、おれも鼻が高いです。本所や他の町の親分さんたちは、寄付集めができなくて苦労してるって話ですからね」

定吉は髪結いの廻り仕事で、他の岡っ引きの親分たちの噂を聞きつけているようだ。

「なぁに、たまたま運がよかっただけのことだ。それにお救い小屋ひとつだけじゃ、とても足りない。喜ぶにはまだ早いさ」

重蔵がそういって、粟飯を口に運ぼうとしたとき戸が開いて、重蔵の家の裏にある長屋に住む居職（いじょく）の印判師（いんばんし）・猪助（いすけ）が入ってきた。

「あ、猪助さんだ――」

定吉の声が聞こえたのか、猪助が重蔵たちのいる小上がりのほうに視線を向けてきた。

「若旦那、猪助をここに呼んでもかまいませんか？」

重蔵が京之介に訊くと、

「ああ、かまわないよ」

京之介は屈託なく答えた。

「猪助、こっちにきて、一緒に飲（や）ろう」

重蔵も声をかけると、猪助は軽く頭を下げてやってきた。

「親分にいつも世話になっている印判職人の猪助です。失礼いたしやす」

猪助は京之介の前で腰を低くして、深々と頭を下げた。

「そう畏まらないでくれ」

京之介がいうと、

「猪助さん、ここにどうぞ――」

定吉は重蔵の横に座っていたところへ猪助に座るようにいい、自分は京之介の横に回り、

「いいですかい？」と小声で京之介に伺うと、京之介は無言で頷いた。

「いらっしゃい。猪助さんも、みなさんと同じものでいいかしら？」

すぐに小夜が猪口を持ってきて、猪助の前に置いた。

「へい。お願いします」

「かしこまりました。どうぞ、ごゆっくり」

小夜が去っていくと、

「倅の幸吉は相変わらず手習いに励んでいるのかい？」

重蔵が銚子を持って、猪助に酒を注ぎながら訊いた。

「へい。だれに似たのか、手習いが楽しくてしょうがねぇみてぇです」

猪助は猪口を両手で持ち、押しいただくようにして重蔵に酒を注いでもらいながら、相好を崩して答えた。六つになる猪助の息子の幸吉は昨年から寺子屋に通っているのだが、七日に一度の割で行われる〝浚い〟と呼ばれる試験で、合格を意味する〝上げ〟をいつもひとりだけもらい、うちの寺子屋一の秀才だとお師匠さんに褒められているという。

「へえー、そいつはたいしたもんだ」

日ごろから幸吉をかわいがっている定吉がうれしそうな声をあげると、

「ですが、先日、寺子屋でちょっとした騒ぎがあったってんですよ」

と、猪助が眉をひそめていった。

「騒ぎって、どんなです？」

定吉が案じ顔をして訊いた。

「先日も〝浚い〟があって、寺子たちが書をお師匠さんに提出したってんです。その寺子たちの書に、お師匠さんが朱書で、〝上げ〟と出来のいい順に〝松・竹・梅〟をつけるんですが、お師匠さんが朱書をつける前にみんな一緒に厠にいった隙に、寺子たちが出した書に墨汁をぶちまけた子がいたってんですよ」

「その子、なんだってそんなことしたんです？」

定吉が尋ねると、

「いつも幸吉だけが〝上げ〟をもらうのを、おもしろくないと思っていた子がやったってんです」

「それはつまり、あれかい。幸吉の書を狙ったことがばれるのを恐れて、寺子たちみんなの書を巻き添えにしたってことかい？」

重蔵がいった。

「へい。さすが親分、そのとおりでさ。日ごろから幸吉を目の敵にしていたことに以前から気付いていたその子に、お師匠さんが問い質したところ、白状したそうです」

「そいつはまた、末恐ろしい子ですね、いったい、どこの倅なんです？」

定吉が訊くと、六間堀町の薬種問屋の「富山屋」のひとり息子、清太郎だという。

「ん？　『富山屋』っていうと――親分、あれは何年前でしたっけね。厄介な事件が起きたところでしたよね？」

定吉がいった。

「うむ、あれは――かれこれ七年前になるか……」

「どんな事件だい？」

京之介が訝しい顔をして訊いた。七年前、京之介はまだ見習い同心だったので知らない事件だった。

「へい。あの事件の顚末はなんとも後味の悪いものでした――」

重蔵は遠くを見るまなざしをしてぽつりぽつりと話しはじめた。

三

七年前のある日のことである。深川六間堀町の薬種問屋「富山屋」が、番頭のひとりの三十四になる鹿七という男に店の金を〝取逃〟され、鹿七は〝欠落〟したのだった。

その金、なんと二十五両。〝取逃欠落〟は重罪のひとつで、十両を盗めば死罪となる。その二倍以上もの金、いわゆる切餅を盗むとはずいぶん大胆なことをしたものである。

重蔵が、そのことを知ったのは、三十になる下っ引きの常吉がその話を摑んできたからだった。そして常吉は、〝取逃〟があってから五日後に、下手人の鹿七を捕まえたのである。

お店者が店の金を盗む〝取逃〟は、よくあることではあるのだが、公にされることはほとんどといっていいほどない。

それというのも、奉公人に裏切られたうえに、刑死者まで出したということになれば、大変な恥である。そこで、〝取逃〟が発覚した店の主は、なんとか事件をもみ消そうと金に糸目をつけずに手を回そうとするのである。

だが、〝取逃〟した鹿七を常吉が竪川沿いにある船宿の「笹屋」に匿い、重蔵がそこへいって金を盗んだわけを聴いているうちに、重蔵の中に同情の念が湧いてきたのだった。

鹿七は十二のときから薬種問屋の「富山屋」に小僧に入り、三十四になるまでひたすら奉公に励んできた真面目を絵に描いたような男だった。

一方、「富山屋」の主、吉右衛門はケチでやたらと奉公人たちに厳しく、それに音を上げて一緒に入った小僧のほとんどの者が店をやめていく中、鹿七は歯を食いしばってがんばってきた。いつか暖簾分けをしてもらえる日を夢見ていた鹿七は、やがて手代となり、ついには番頭のひとりとなって「富山屋」を切り盛りするようになると、主の吉右衛門から嫁をもらった暁には暖簾分けの許しをもらうまでになったのである。

暖簾分けするとなると、その店の主は開店資金や退職金となる元手金、ご祝儀品など一切合切の面倒をみるのが習わしになっている。大店の薬種問屋の「富山屋」ともなれば、相当な出費をしなければならない。

　そして、一月（ひと）ほど前、ついに鹿七の前に夫婦になろうと決めた女がようやく現れた。

　ところが、である。いざ、祝言を挙げようという段になって、主の吉右衛門が鹿七の女を囲いたい、女も承知していると言い出したという。

　果たして、鹿七が女に問い詰めると、

「そんなこと承知するはずがないじゃないの。おまえさんとの祝言のことでいろいろと相談したいことがあるからって、旦那さまに根津（ねづ）の寮に呼び出されて……」

　そこまでいうと、女は泣きくずれ、吉右衛門に手籠め（てご）にされたのだと告白した。

「旦那さまは、そもそも暖簾分けなどしてくれる気持ちなどなかったんだ。そのうえ、女房にしたいという女まで手籠めにするなんて……」

　怒りに震える鹿七に女は涙ながらに、

「おまえさん、あたしを連れて逃げておくれ。上方（かみがた）にでもいって、一からやり直しましょう。暖簾分けなんてしてもらわなくても、おまえさんならきっとうまくいく。あたしも身を粉にして働くから……」

　と、すがりつかれ、鹿七は決心した。

「それで、悔しまぎれに店の金に手をつけて、ずらかろうと腹を決めたってわけかい」

呆れた顔で重蔵が訊くと、

「はじめからそんな恐ろしいことなど思いもよりませんでした。ですが、あいつになんにもしないまま逃げるのはあまりにも悔しい。あたしはあの汚らわしい吉右衛門に手籠めにされたんだよと、泣きながらいうのを聞いているうちに、わたしもこれまでの長年の恨みつらみがふつふつと湧いてきて……」

そして、その女と手に手を取って、逃げようとしていた矢先、常吉に捕らえられたのである。

「鹿七、おまえが女房に決めた女は、なんて名だ?」

重蔵が唐突に訊くと、

「お七といいます。富岡八幡宮境内の水茶屋で働いていた女で――名もわたしの一字。見るからに身持ちの固そうな女で、縁結びの神様が引き合わせてくれたに違いない。わたしは女房にするならこのお七しかいないと……」

鹿七は涙ながら答えた。

「おまえさんの話はわかった。『富山屋』の吉右衛門のことは、おれもいい噂は聞いたことがない。苦労して番頭にまでなったおまえが、二十五両もの大金を盗むとは、よほどのことがあったに違いないとは思っていたが、なるほど合点がいった。なぁに、おまえを悪いようにしないから安心しな」

と、重蔵は優しい口調でいった。

「ほ、本当ですか。ありがとうございます。ありがとうございますっ……」

鹿七は床に額をこすりつけながら泣いていった。

そして、数日後に重蔵と常吉は「富山屋」に乗り込んだ。離れの座敷に通されると、そこで待っていたのは五十過ぎで、でっぷりと太ったいかにも好色そうな顔をした吉右衛門だった。

「それで、鹿七めは、いまいずこに？」

事の次第を聞き終えた吉右衛門の物腰は穏やかなものだったが、その目の奥には怒気があふれており、両の手は悔しそうにぎゅっと握り締められていた。

「安心してください。あるところにひっ捕らえていますから」

自身番屋にしょっ引けば、家主や番人たちに知られ、事が公になってしまう。だから、重蔵は、「笹屋」に匿ったままにしているのだった。

「鹿七の顔、拝みますかい」

常吉がにやりと笑って訊くと、吉右衛門は、とんでもないとばかりに首を横に振った。

「そうですかい。ところで鹿七は、そのお七ってぇ女にも逃げられましてねぇ。それでやけになって、岡場所に泊まり込んで、朝から晩まで女郎たちを集めて、飲めや唄えのどんちゃん騒ぎ。あっという間に、ありったけの金を使っちまったというんですよ。しかも、手をつけたこの店の二十五両どころか、暖簾分けのときのためにと、こつこつ貯めていた自分の金からなにから、みんな使っちまったそうです」

常吉が続けていうと、

「あの鹿七めがっ――」

さすがに我慢がならぬとばかりに怒りの声をあげた吉右衛門だったが、鹿七が無一文になったという常吉の言葉を聞いたとたん、吉右衛門の眼の奥に、ざまあみろとばかりの笑みが浮かんだのを、重蔵は見逃さなかった。

そして吉右衛門は、

「親分、わたしも少しは名の知れた薬種問屋、『富山屋』の主。とにもかくにも店の信用に傷がつくようなことはしたくない。今回のことは、何卒なかったことに――」

吉右衛門の目には、もはや怒りはすっかり消えている。女には逃げられ、すかんぴんになった鹿七を、ざまぁみろと心の内で思っているのだろう。

と、すかさず常吉が合いの手を打つかのように、

「どうしてくりょうさんぶにしゅ――てぇとこで、手を打とうってことですね？」

といった。

十両以上の盗みは、死罪である。鹿七は、その倍以上の二十五両もの金を盗んだのだ。だが、奉行所に突き出して死罪となれば、事件の仔細が江戸じゅうに知れ渡り、店の信用に傷がつくうえに、なんといっても寝覚めが悪い。

であるからこうした場合、十両ぎりぎり以下の「九両三分二朱」と届けるのがたいていであったことから、昔から、〝どうしてくれよう（九両）〟をもじっていうのである。

「親分、では、これをお納めください」

吉右衛門は、重蔵と常吉がやってくる前から用意していたのか、懐から金子を包んだ袱紗を取り出して見せた。いくら包んであるのかわからないが、鹿七を死罪にしないための首代、九両三分二朱で届けるための目こぼし料のつもりなんだろう。

重蔵が手を出さずにいると、常吉がさっさと受け取って懐に仕舞い込んでしまった。

重蔵は思うことがあるのか、常吉のするままに任せ、そして二人は「富山屋」をあとにしたのだった。

四

「富山屋」を出ると、あたりはすっかり夕闇に包まれていた。重蔵は、常吉が鹿七を匿っている船宿、「笹屋」に戻った。そして、常吉に匿われている鹿七がいる部屋に入ると、鹿七は顔から色をなくしておどおどしていたが、鹿七より四つ年下の常吉は手柄を立てたとばかりに胸をそらせて堂々としていた。

「鹿七、『富山屋』と話をつけてきた。しかし、どこで吉右衛門とばったり出会うかわからない。だから、おまえさん、江戸にはいないほうがいい。上方にでもいって、やり直したらどうだい」

常吉の傍らで正座している鹿七に、重蔵は情けをかけ、〝欠落〟することを勧めた。

「あの、本当になんのお咎めも受けなくていいのでしょうか？」

鹿七は声を震わせて訊いた。信じられないという顔をしている。鹿七は、どこまでも真面目で気の小さな男なのである。

「二十年も身を粉にして働いて、番頭まで務めたもんをふいにしちまったんだ。十分天罰は下ったさ」

重蔵がいうと、それを受けたように、

「お七って女のことも、きれいさっぱり忘れて早ぇとこいきな」

と、常吉がいったが、鹿七は動こうとはしない。まだ、お七に未練があるのだろう。

「あの女は、おまえが〝取逃〟した二十五両を持って風食らってどっかへ逃げちまったのよ。親分が早ぇとこ上方にでもいけっていってんだ。とっとと出ていきやがれ」

常吉が鹿七の胸ぐらをつかみ上げ、言い終わると、どんと突き放した。

「は、はい。わかりました。それでは、わたしは親分のいうように上方にまいります――本当にご迷惑をおかけして申し訳ありませんでした」

鹿七は、律儀に深々と頭を下げて、部屋から出ていった。

「まったく、馬鹿な野郎だぜ、へへ」

常吉が鹿七の出ていった襖に向かって毒づくと、

「常吉、鹿七が吉右衛門の店から〝取逃〟した切餅は、お七って女が持って逃げたんじゃなく、おまえが持っているんじゃないのか？」

重蔵が常吉をぎっと睨みつけて訊いた。切餅とは、一分銀百枚を束ねて二十五両にして白い紙に包んだものだが、切餅に形が似ているところからそう呼ばれるようになったのである。

「お、親分、それはいってぇどういう……」

常吉は動揺して目を泳がせている。

「おれにもう一度、同じことをいわせるのか？」

重蔵は、さらに強い怒気を宿らせた目で常吉を睨みつけた。

「ですから、『富山屋』から鹿七が〝取逃〟した切餅は、お七が持ってどこかへ逃げちまったんでさぁ……」

「常吉、今回の〝取逃〟は、おまえの謀だろう」

重蔵は目に怒気をあらわにしていった。

「お、親分、さっきから、いってぇなんのことをいっているのか、おれにはさっぱり……」

常吉は、笑いを浮かべようとしても顔が強張って、引きつったような表情になっている。

「常吉、おれは今回の〝取逃〟した鹿七をおまえが捕まえたと聞いたとき、確かにでかしたと喜んだ」

「へ、へい――」

常吉の顔が俄に神妙なものになっていった。

「だがな、おまえが鹿七を捕まえたのは、池之端仲町の出合茶屋だったといったよなぁ。しかも、鹿七がふらりと茶屋から出てきたときに、おめぇとばったり出会ったと聞いたときから、これは、どう考えてもできすぎた話だと思えてきたんだ」

常吉は、顔を下に向け、まずいというように顔を歪ませていた。

「そもそも鹿七が、お七と出会ったのは、鹿七が得意先回りに出たとき、店の近くでお七が腹を押さえながらあぶら汗を流してうずくまっていたのがはじまりだって話だったな」

「へ、へい……」

「虫も殺せない気の小さい鹿七はお七に声をかけ、店に連れていって休ませ、差し込みに効く薬まで飲ませた。お七は礼をいい、名と働き先を告げて帰った。名も自分の一字と同じで、なかなかのいい女だ。くわえて所帯を持てば暖簾分けも許すと『富山屋』の主、吉右衛門からいわれていた鹿七は、これは縁かもしれないと、のこのこお七の働く富岡八幡宮境内の『川乃』という水茶屋に出かけていくようになった」

「へい。そのとおりで……」

「ところがだ。水茶屋の女たちは、表立ってはやらないが、気に入った男がいれば交渉次第で体を売る。世間知らずの鹿七は、そんなことは露知らず、すっかりのぼせてしまった。無理もない。金のことなんざおくびにも出さず、抱かせてくれたんだからな。しかも、床上手ときてる。となりゃあ、もういけない。鹿七は、お七にすっかり溺れてしまった」

「親分、いってぇなにをおっしゃりてぇんで……」

「昨日、おれはその水茶屋の『川乃』にいってみたんだ。そうしたら、どうだい。お七なんて名の女はいないっていわれたよ。常吉、お七ってのは、おふじって名で、おまえがこましてる女のひとりだろうっ」

「親分、どうしておふじのことを……」

思わず顔を上げた常吉は、目を見開いて驚いている。

「おまえが教えたんだよ」

「おれが教えた？」

「ああ。ずいぶん前だが、おまえと一緒に酒を飲んだとき、いい女を摑まえた、富岡八幡宮の境内の『川乃』という水茶屋で働いている、おふじって名の女だってな。それを思い出したのよ」

常吉は、しまった、とばかりに唇を嚙んでいる。

「下っ引きのおまえは、なにか稼ぎになることはないかと、あっちこっちに顔を出して、〝根出し〟しているからな。『富山屋』にも出入りしているうちに、鹿七が所帯を持てば、暖簾分けを許すと吉右衛門がいっていることを耳にした。そこでおまえは考えた。おふじにうまいこと言い含めて、鹿七と吉右衛門の両方に色仕掛けさせ、仲違いさせたあげく、鹿七に〝取逃〟させようとな。違うか、常吉っ」

「──親分、悪うござんした。このとおりです。赦しておくんなせぇ。おれは、ここしばらくいい稼ぎしちゃいねぇもんで、あっちこっちに金を借りてる始末で……」

「常吉、世の中に、ばれない秘密というもんは、ないんだよ。おふじは、今どこにいるんだ？」

「浅草の奥山にある出合茶屋にしばらく隠れていろ、その間、『川乃』に働きには出るなっていってあります。へい」

　重蔵は常吉の前に手を差し出し、

「切餅は、おふじじゃなく、おまえが持ってんだろ。出しなっ」

「親分、切餅は本当に、おふじが──」

「常吉っ」

　重蔵が、ぎっと常吉を睨みつけていうと、

「すいません……」

常吉は観念した顔つきで、懐から切餅を取り出して、重蔵に渡した。

「おまえのような、女を心から信じるなんてことはできないやつが、二十五両もの大金をたとえ自分の情人でも預けるはずはないからな——それともなにか。おまえ、あの女と一生つながってるつもりか？」

「いやぁ、それは、なんていったらいいか……」

「おまえのような女ったらしは、ひとりの女と所帯を持つ気なんざないだろ。いや、仮におふじと所帯を持ったとしても、すぐに他の女に手を出して離縁を繰り返すだろうよ」

常吉は色白で役者のような端整な顔をしており、口もうまく、何人もの女を手玉にとっている。岡っ引きの縄張りを〝畑〟ともいうが、その畑から下っ引きたちが情報を仕入れることを〝根出し〟といい、さらに下っ引きが日ごろから手なずけているごろつきや女を使い、金を摑ませて〝根出し〟の場所に潜らせたり、探らせることを〝玉入れ〟という。

常吉たち下っ引きは、おふじのような〝玉入れ〟に使う女やごろつきを何人か手なずけているのだが、金がなければ手なずけることも〝玉入れ〟させることもできないのだ。そこで常吉は、重蔵がご法度にしている女を使った〝取逃〟を企てたのだ。

「おまえが、吉右衛門を前にどんな嘘をつくものか見てやろうと思ったが、よくもいけしゃあしゃあと、鹿七は岡場所で豪遊して〝取逃〟した二十五両どころか、これまでため込んだ金まで使っただの、お七に逃げられただの、でたらめなことばかりしゃべりやがって。まったく口から生まれてきたようなやつとは、おまえのことをいうんだな」

「親分、おれは――」

常吉が何か言い訳しようとするのを、重蔵は制するように口を開いた。

「この切餅は、吉右衛門におれが返しておく。それと、おまえの課に引っかかったとはいえ、本来なら鹿七の〝取逃〟を見逃すわけにはいかないのだが、今さら仕方ない。だから、さっき吉右衛門からおまえがさっさと受け取った首代代わりの目こぼし料も返し、その代わり、鹿七のことは〝欠落〟してしまって、いないことにする。常吉、本来ならおまえが敲きの刑を受けなきゃならないんだ。だが、今回だけは目をつぶろう。いいか、常吉、今後二度とおれがご法度にしていることをするんじゃないっ。もし、また似たようなことをしたら、そのときは、おれはおまえを許さないぞっ」

「へ、へい。わかりやした。親分のおっしゃったこと、肝(きも)に銘じます」

常吉は正座して、重蔵に深々と頭を下げたのだった。

五

「ふーん、そんなことがあったのかい。それで、その下っ引きの常吉というのは、その後どうなったんだい？　親分の口から聞いたことのない名だが――」

京之介が訊くと、

「人はなかなか変わらないもんです。女ったらしの常吉は六年前、人一倍悋気(りんき)の強い女に出刃包丁で胸を刺されて殺されました……」

重蔵は苦しそうに顔を歪めていった。

「親分、この際、『富山屋』の吉右衛門のところにも寄付を頼みにいっちゃどうですかね」

定吉が思いついたようにいった。

「おれもそれは考えたんだが、どうも足が向かなくてな――」

「でも親分、『富山屋』は大店の薬種問屋だ。金ならうなるほどあるんだし、気が進まないのはわかるけど、いかない手はないと思うがねぇ」

京之介も定吉と同じことをいう。

「へい。じゃあ、いってみるとしますかね」

　重蔵はそういって、猪口を満たしている酒を一気にあおった。

　翌日の夕暮れどき、自身番廻りを終えた重蔵は、六間堀町にある「富山屋」に向かった。表通りに面した店は、間口六間はある堂々とした構えで、軒上の金看板の『薬種商富山屋』の文字がうやうやしく、もう間もなく日が落ちるというのに、客が切れ目なく出入りして繁盛している様子が見て取れた。

　重蔵は店からは入らず、岡っ引きの常として勝手口に回って、おとないを告げ、大年増の女中に番頭を呼びにいってもらった。

　少しして、のっぺりとした顔をした番頭の市兵衛（いちべえ）がやってきて、重蔵を家の中へと招き入れ、広い中庭が見える廊下を通って一番奥の部屋へ案内した。

　吉右衛門が座るために敷かれている、遠目にもふかふかに見える座布団のうしろの床の間の真ん中には、水墨画が飾られ、その真下には青磁が鎮座していた。そうしたものに詳しくない重蔵にも、おそらく相当な値の張るものだろうことは、容易に想像がつく代物だ。

　そんな広い部屋をためつすがめつ眺めまわしていると、やがて襖が開いて、吉右衛門が入ってきた。

「親分、お待たせいたしました。お久しぶりでございます」

座布団に座り、地味なねずみ色の鮫小紋の上等な絹の着物に対の羽織を重ねて着ている吉右衛門が、やけに丁寧な言葉遣いで挨拶を述べた。

「吉右衛門さん、今日こうして伺ったのは、もうお気づきかと思いますが――」

そもそも長居などする気がない重蔵は、挨拶もそこそこにすぐにお救い小屋を建てるのに必要な寄付金を出してくれないかと持ちかけた。

すると、吉右衛門は、

「わかりました。重蔵親分の頼みです。七年前のこともありますし、些少ではありますが、寄付させていただきますよ」

と九分九厘、断られるだろうと思っていたのに、予想外なことをいう吉右衛門の言葉に重蔵は驚いて、改めて顔を見つめた。吉右衛門は六十を過ぎているはずだが、以前より恰幅も肌艶もよく、若返った感じがする。

「そうですかい。そいつは、ありがたい」

吉右衛門の妻は五年ほど前に病で亡くなっているのだが、喪が明けるとすぐに後妻をもらっていた。亡くなった妻との間に子供がおらず、吉右衛門はなんとしても跡取りが欲しかったのだろう。後妻は、おなみといって、年は三十二。六十過ぎの吉右衛門にすれば娘のような女房である。重蔵は何度か道ですれ違って顔を見ているが、ぼってりとした唇と一重瞼のあだっぽい顔立ちの女で、歩くその姿にさえ匂うような色気があった。吉右衛門が以前より若く見えるのは、おなみを後添えにしたおかげなのだろう。

だが、重蔵は家に入ったときから、気にかかっていたことがあった。家の中がだれかが死んだかのように、物音ひとつせず、ひっそりしているのだ。

「吉右衛門さん、余計なお世話かもしれないが、なにか心配事でもあるんじゃないんですかい？」

「いいえ、とくに、心配事などありませんよ」

吉右衛門は笑顔を見せていったが、その顔は強張っているように見える。

（いや、なにかある……）

そう感じた重蔵は、

「後添えにもらったお内儀さん——おなみさんといいましたかね。姿を見せないのは、どこかへ出かけているんですかい？」

と探るように訊いてみた。

「ああ、おなみは、頭痛がするといって寝間で休んでいるのですよ」

(若い後添えをもらうと、そんなことで心配顔になるものなのか……)

重蔵は胸の内でそうつぶやくと、

「そうですかい。それでは、寄付金に関しては、お上の者が改めて伺うことになると思うので、おれはこれで失礼しますよ」

といって、吉右衛門の家をあとにした。


とんでもないことが起こったのは、重蔵が吉右衛門のもとを訪ねたなん日か後のことだった。

蛤町(はまぐりちょう)にある住職のいない荒れ寺、長慶寺(ちょうけいじ)の軒下を寝どころにしている者たち、ざっと六人ばかりが倒れている——と、髪結いの廻り仕事に出ていた定吉が息を切らせて知らせに戻ってきたのだ。

「親分、あのあたりじゃ、えらい騒ぎになってますぜ」

「定、京之介の若旦那を呼んできてくれ」

重蔵はいいながら、神棚にお供えするように置いてある十手(じって)を取って懐に素早く入れ、草履(ぞうり)をつっかけて家を飛び出していった。

長慶寺の境内には、多くの人垣ができていた。人々は、着物の袖で歪めた顔や口を覆っている。中には目を閉じて、念仏を唱えている者もいる。

「道をあけてくれ。おい、医者は呼んだかっ」

重蔵は十手をかざしながら人垣をかきわけて前に進み出ると、賽銭箱の前で人々を近づけないように立ちはだかっている自身番の番人たちに向かって、吠えるようにいった。

「はい。近くの吉田玄庵先生がきています」

重蔵がさらに歩を進めていくと、五人の継ぎはぎだらけの袷を着ている男とひとりの老婆が寄り添うように倒れており、そのまわりには、吐いたものの放つすえたような臭いが立ち込めていた。皆、裸足で泥がこびりついている。道端で暮らしている者たちにほかならない。

そんな者たちを重蔵と歳はおっつかっつの総髪姿の玄庵がひとり、またひとりと手首を手に取り、脈を診ていたが、五人の男たちはすでにこと切れていた。その中には、ひどい火傷を負ったのか、それとも皮膚病を患っている者なのか、顔や手を白い布で覆った男の亡骸もあった。

そして最後に大柄な老女の手首に玄庵が手を当てたとき、

「この者は生きているっ」

と、叫ぶようにいった。

それを聞いた重蔵が抱きかかえて顔を上に向けさせると、老女のまぶたが少しだけ動き、白目をむいた目が見えた。息遣いは浅く、皺だらけの顔の真ん中にある鼻がぴくぴく震えている。

「婆さん、しっかりしろっ、婆さんっ！」

声を張りあげて呼びかけると、老女のまぶたがまた動き、むいていた白目の真ん中に瞳が上から下りてきた。

「玄庵先生っ」

重蔵が叫んで呼ぶと、

「親分、彼らはおそらく石見銀山で殺られたんだろう。この婆さんもおそらく毒を口にしたに違いない。早いところ診療所に連れていって手当てしないと、こと切れるだろう」

と、玄庵はいった。

「おれは、あとでいきます。先生、必ず婆さんの命、助けてくださいっ」

石見銀山は、ねずみ捕りに使う猛毒である。玄庵にいわれる前に、重蔵も察しはっいていた。

　玄庵が老女を背中におぶってその場を去っていくと、重蔵は老女が倒れていたところに食べかけの、やけに小ぶりの大福餅（だいふくもち）が落ちているのを見つけた。拾って鼻を近づけてみたが、異臭はしなかった。石見銀山は臭いがしない猛毒なのである。おそらくこの大福餅の中に、その毒を入れたのだ。重蔵は懐紙に、その食べかけの大福餅を包んで懐に収め、死んでいる者たちをじっくり見て回った。

　すると皆、やはり唇のあたりに白い粉のようなものがついていた。そして、あちらこちら朽ちている賽銭箱の真ん中に、まるでお供えしたかのように皿が置かれていた。その皿の上にも白い粉がついている。この皿に毒入りの小ぶりな大福餅が、いくつか置かれていたのだ。

　おそらくここ長慶寺の軒下を塒にしていた六人の者たちは、助け合って暮らしていたのだろう。そうでなければ、だれもいないこの寺に一番に戻ってきた者がひとりで、賽銭箱の上にお供え物のように置いてあった毒入りの大福餅をすべて平らげてしまっていたかもしれず、そうなったら、食べ損ねた五人は毒入りの大福餅を口にすることはなかったはずである。

　だが、ここを塒にしていた六人の者たちは、そうではなかった。いくつ大福餅があったのかはわからないが、皿の大きさからみて、そう多くはなかった大福餅を分け合って、みんなで一緒に食べたのだ。

では、どうしてあの婆さんだけが死ななかったのか——そこまでは、さしもの重蔵もわからない。あとで診療してくれている玄庵に訊けばわかるかもしれない。

「親分、とんでもないことが起きたもんだね」

定吉とやってきた京之介が、重蔵からだいたいのことを聞いていった。血を見るのが大の苦手な京之介だが、毒入りの大福餅を食べて死んだ者たちはだれひとり血を吐いていないので、京之介は顔をしかめていたが、倒れて死んでいる五人の者たちから目を離さずに見ている。

「下手人は、お供えのふりをして、この荒れ寺を塒にしている者たちに、毒入りの大福餅を食べさせたってことのようだね」

京之介が、一見冷たい表情をしていった。こうした顔つきで物言いをするのは、京之介が腹の中で怒りの炎を燃やしているときだということが、このごろになって重蔵はわかるようになった。

「へい。おれも、そうだろうと睨んでいます。そして、この町の住人がやった疑いが濃いのではないかと——」

「そうか。この町に住んでいる者で、この寺を塒にしているもんを邪魔に思っている者が、明るいうちにお供えをするふりをして毒入り大福餅を賽銭箱の上に置いた——親分は、そう見立てているんですね」

「うむ。大福餅の載った皿が賽銭箱の上に置いてあるなんて、おかしいなんて思わず、お供え物に違いないと思ったんだろう。そして下手人は、六人が助け合うようにしているのを確かめることができる者だろうから、ここ蛤町に住む者の仕業とみるのが妥当だろう……」

邪魔だからといって、毒入りの大福餅を食べさせて五人もの死者まで出した——重蔵は、その非道さに腸が煮えくり返る思いだ。

「まずは、蛤町のこうしたひと口大の大福餅を売っている店を当たってみるか」

重蔵の懐紙に包まれている食べかけの小ぶりな大福餅を見ながら、京之介がいった。

「へい。しかし、大福餅を売る店の者が下手人だとしても、簡単に口は割らないでしょう。石見銀山を売ったという薬種屋を当たって、その中にこの大福餅を売っている者がいたとなれば、それが証拠になって、責め問いできるんだが……それにしても、蛤町に住む者が下手人だとしたら、ここの町役人の手を借りるわけにはいかないでしょうし、今回の下手人の探索は骨が折れそうです」

蛤町に限ったことではないが、道端で暮らし、夜になれば神社や寺の軒下を塒にしている者たちのために、お救い小屋を作ることを喜んでいる町は少ないのである。できれば厄介払いしたい——それが人々と町役人たちの本音なのだ。下手人探しに町役人が手を貸してくれるとは思えない。仮に怪しい者に気づいているとしても、おそらく口にすることはないだろうと、重蔵は踏んでいるのだった。

「となると——さて、どうしたものかな」

京之介はお手上げだといわんばかりの顔をしている。

「しかし、若旦那。幸いなことに婆さんがひとり助かっています。これから玄庵先生の診養所にいってみましょう。なにか下手人につながる手がかりがわかるかもしれません」

「うむ。そうだな」

重蔵は野次馬たちを制している番人たちに、早桶を用意し、自身番屋に運ぶように命じて、京之介と定吉と一緒に長慶寺をあとにした。

六

吉田玄庵の診療所は、長慶寺から三町ほどいったところにある。

「この大福餅に入っている毒は石見銀山に間違いないですな。それにしてもよほど考えられて作られたものですな」

重蔵が懐紙に入れて持ってきた大福餅を包丁で切り開き、銀の匙で毒が入っているかどうかを調べていた玄庵が難しい顔をしていった。銀の匙が黒く変色している。長慶寺で死んだ者たちが吐いたものから見ても、毒の匙加減が大人ひとりを殺すのに適切な量だったと思われるというのである。

重蔵は自分が考えていたことが間違えているのではないかと思えてきた。重蔵ははじめ、石見銀山はねずみ捕りに使用する毒であるから、だれでも手に入れることができる。だから、蛤町の長屋に住む者のだれかが大福餅に毒を仕込み、彼らを殺そうとしたのではなく、ちょっと具合を悪くさせ、震え上がらせて蛤町から出ていかせようとした疑いもあると思っていたのだ。

だが、大人ひとりを殺す量まで計算した毒入り大福餅を作り、長慶寺の軒下を塒にしている者六人が分け合って食べるだろうことを知っていて、お供え物に見せかけた毒入り大福餅を仕込む——そんな芸当のできる人間が、ほとんどが長屋住まいのこの蛤町にはたしているだろうか?

道端で物乞いをしたり、盗みやスリを働く宿無し者たちは、確かに目障りで迷惑な存在だとだれしも思うだろう。しかし考えてみると、長屋の者たちも雨風を凌げるというだけで、かつかつの暮らしをしており、道端で暮らす者たちと大きな差はないのだ。だから、長屋の者たちは彼らを見て見ぬふりをするしかなかったはずで、ここまで手の込んだ毒入り大福餅を作る長屋暮らしの者はいないだろう。もっとも、大福餅を売る店の者は別としてだが。

となると、下手人探しはもっと広範囲にしなければならないのではないか?——いよいよ、骨の折れる仕事になりそうだ。重蔵は暗澹たる気持ちになってきた。

「それにしても、どうして、この婆さんだけ、死ななかったんだい?」

死んでいるように眠っている婆さんを見ながら、京之介が玄庵に訊いた。

「この婆さんが倒れていたところに、この大福餅が落ちていたのなら、この婆さんが食べかけて食べるのをやめたか、あるいは歳をとっているため喉につかえるのを恐れてちぎって食べ、そうしているうちに他の者たちが苦しみ出して倒れたのを見て、食べるのをやめたかのどちらかでしょうな」

「なるほど——で、助かりそうですかい」

重蔵が祈るような気持ちで訊くと、

「なんともいえませんな。なにしろ年老いているからね。それに毎日食うや食わずの暮らしだっただろうから、そもそも体も弱っていたはずだ。ぜんぶ食べていないとはいえ、猛毒を口にしたのだから、死んでもおかしくなかったのに息があったのは、この婆さん、運がよかったとしかいいようがありませんな」

と、玄庵は医者らしく淡々と答えた。

「玄庵先生、この婆さん、もしかすると下手人を見ているかもしれない。だから、婆さんから話を聞いてなんとしても下手人に繋がる手がかりを得たいんです。なんとかして助けてください。お願いです」

重蔵は神にも仏にもすがりたい気持ちでいった。

「もちろん、できるかぎりはしてみるが……」

玄庵の口ぶりからは、婆さんの助かる見込みは薄そうである。

（あとは、婆さんが助かるように、祈るしかなさそうだな……）

重蔵はそう胸の内でつぶやいて、診療所をあとにした。

下手人探しは、もっと広範囲にしたほうがいいが、毒についての知識がある者とひと口大の大福餅を売る店に絞ろう——そう考えるようになって動きはじめた重蔵だったが、探索は困難を極めた。

まず重蔵は、蛤町で大福餅を売っている店の者を当たって、ひと口大の大福餅を作っている店と、それをここ数日の間に買った者がいたかどうか探るように定吉に頼んだ。

その一方で、お救い小屋を作るにあたって協力を求められた岡っ引きたちと下っ引きたちにも声をかけて、深川と本所一帯の毒の知識がある薬種問屋を営む者や、そこから近ごろ石見銀山を買っていった医者に絞って探してもらうことにした。玄庵の話から、石見銀山の致死量を知っている者の仕業の疑いが極めて濃いと考えたのである。

そうしたことに加えて、事件が起きた日、あの寺に怪しい者が出入りしていたのを見た者がいないかということも調べなければならない。

重蔵は、ともかく気が急いていた。今回の下手人が、たまたまあの寺を塒にしている者たちを選んだというだけで、蛤町の者とはまったく関わりがない者の凶行だとしたら、とんでもないことになる。五人の命を奪った下手人は、またいつ、どこで、何人の道端で暮らす者たちを狙って毒入りの食い物をばらまくかわからないからである。

重蔵が最初に向かった薬種問屋は、先だっても顔を出した「富山屋」だった。蛇の道は蛇という。「富山屋」はもしかしたら、石見銀山を使った今回の事件について同業者から下手人につながる何らかの情報を得ているかもしれないと思ったのだ。しかも、「富山屋」の主の吉右衛門は、お救い小屋を建てるための寄付をすると協力的であったから、探索にも積極的に力を貸してくれるかもしれないと考えたのである。

重蔵が茶の間に通されると、主の吉右衛門はすぐにやってきて、奉行所からきた使いの者に寄付金をすでに納めたといったあとで、思ってもみなかったことを話しはじめた。

「実は、これから自身番屋に行こうとしていたところだったんです」

吉右衛門の顔は苦渋に満ちている。

「なにかあったんですかい？」

「実は、八つになる息子の清太郎が姿を消してしまってから、今日で三日目になるんです」

「それは、いったいどういうことですかい？」

「はい。二日前、清太郎はいつものように朝、寺子屋にいったのですが、帰ってくる時刻になっても姿を見せず、とうとう夜になっても戻ってこなかったんです。そして、その次の日も帰ってこなくて……」

「二日前というと、おれが寄付を頼みにいった日じゃあ――」

重蔵はそのときの吉右衛門の様子を思い出していた。二日前、この「富山屋」に重蔵がやってきたのは、夕暮れどきだった。そしてあのとき重蔵は、この家に入ったときから、家の中がだれかが死んだかのように、物音ひとつせず、ひっそりしていることが気にかかっていたのだった。そして吉右衛門に、後添えにもらった、おなみはどうしているのかと訊くと、頭痛がするといって寝間で休んでいるといった。つまり、あのときすでに清太郎は寺子屋から帰ってこず、おなみは心配のあまり頭痛がひどくなっていたということのようだ。

「失礼いたします」

か細い女の声がして襖が開くと、おなみが姿を見せ、お茶を運んできた。

重蔵の記憶では、おなみは、ぼってりとした唇と一重瞼のあだっぽい顔立ちで、歩くその姿にさえ匂うような色気があった女だったが、茶を運んできた目の前のおなみの顔からは生気が消え、頬がこけてげっそりとやつれきっている。

それはそうだろう。自分が産んだ、まだ幼いといっていい跡取り息子が姿を消して三日目になるのだ。心配で食べるものも喉を通らず、夜もほとんど眠ることができないでいるに違いないのだから――。

「親分さん、お願いでございます。うちの子を、清太郎を見つけてください。このとおりでございます」

淡桃色の上等な御召縮緬の着物に錦織の袋帯をしているおなみは、重蔵の前で両手を畳について、深々と頭を下げながら消え入るような声でいった。

「しかし、どうして姿を消したときに自身番に訴え出なかったんです？」

おなみと吉右衛門の顔を交互に見比べるように見て重蔵が訊くと、

「それは――親分も知ってのとおり、わたしには人徳がない。わたしを嫌っている者が多いのも知っています。ですから、きっと清太郎は、金に困っていてわたしを困らせてやろうと考えた者の拐かしに遭ったのだろう、すぐに金をよこせというつなぎがあるに違いない。そうなってから自身番に届け出たほうがいいと思ったのです」

吉右衛門は、悔しそうに顔を歪めていった。

（困ったお人だ……）

ただでさえ、毒入り大福餅を作って道端で暮らす五人もの命を奪った下手人探しに駆けずりまわっているさなかに、拐かしという厄介な事件まで持ち込まれては、いよいよ身動きがとれなくなってしまう……。

「しかし、息子さんが姿を消したその日のうちにも、そして二日経っても拐かした者からつなぎがなかったんでしょう？」

重蔵は呆れ顔で問い質した。

「はい……」

吉右衛門とおなみは、声を揃えて答えた。

「もしかすると、拐かしじゃなくて、不運な目に遭った疑いのほうが濃くないですかね」

重蔵は、拐かしという疑いを消すかのように、手で顔をつるりと拭っていった。

「親分さん、それはどういうことです？……」

まだ重蔵のそばから離れずにいるおなみが、前のめりになって訊いてきた。

上座に座っている吉右衛門も腰を浮かせるようにして、重蔵の次の言葉を待っている。

「ですから、その——例えば、足を滑らせて川とか池に落ちたとか……」

重蔵がためらいながらいうと、

「そんなことはないっ。清太郎は拐かしに遭ったに違いありませんよっ。親分、縁起でもないことはいわないでくださいっ」

吉右衛門は腰を上げ、それまで煮え立った鍋に無理に蓋をしていたのが、はじけとんだときのような勢いでいきり立った。

おなみは、ぎょっとした表情をして体をのけぞらせ、吉右衛門と重蔵の顔を見比べている。

「しかし、拐かしに遭ったのなら、必ずといっていいほど金をよこせというつなぎがあるはずだが、それもないんですよね？　だとしたら、事故にあったと考えるのが普通です」

重蔵の落ち着き払った物言いに、吉右衛門もおなみも二の句が継げず、黙り込んでしまった。

「とはいえ、なんにもしないわけにもいきません。ともかく今できることは、息子さんの人相書きを作って、深川一帯の自身番屋に配り、息子さんを見た者がいないか番太郎たちに訊き回ってもらうことです。そこからはじめましょう」

「親分、声を荒らげて申し訳ありませんでした」

吉右衛門がいうと、

「うちの人のご無礼は、わたしもこのとおり、あやまります。ですから、親分、どうか清太郎を探すのにお力をお貸しください。お願いいたします」

と、おなみはふたたび深々と頭を下げた。

「おれでできることはすると約束します——ところで、吉右衛門さん、蛤町の長慶寺という荒れ寺を塒にしていた男五人が、毒入りのものを食って死んだことは知っていますかい？」

重蔵が気を取り直して訊くと、

「はい。店の者から聞いて知っています。そうですか。死んだのは五人ですか……」

吉右衛門は首を少し傾げて確かめるように訊いた。

「あそこを塒にしていたのは、五人の男と婆さんがひとりいたんですが、婆さんだけが息がありましてね。今、長慶寺近くの吉田玄庵という医者に診てもらってるんですよ。なんとか、助かって、下手人につながる手がかりが見つかるといいんだが——それにしても、石見銀山を仕込んだものを食わせて五人も殺すなんて、まったく恐ろしいことをする者がいるもんだ。吉右衛門さん、同業者から、そのことについて下手人につながる何らかの手がかりになりそうな話は聞いていませんか？」

「毒入りの大福餅を食べさせたということしかわたしは知りません——それにしても、わたしのところでも、石見銀山は扱っていますからね。その話を聞いたときは、ぞっとしましたよ」

「おれも現場を見たときは、あまりにも悲惨で、いっとき、息が止まる思いがしました」

重蔵が怒りに満ちた顔でいうと、

「すみません、親分さん、わたしは失礼して、休ませてもらっていいでしょうか」

おなみがいった。見ると、おなみはさっきより顔色が蒼白になっており、こめかみのあたりに指をあてている。清太郎の心配に加えて、毒入り大福餅を口にして五人も命を落としたと聞いて、また頭痛がはじまったのだろう。

「へい、どうぞ、休んでください」

重蔵は優しい口調でそういい、おなみが部屋を出ていくと、

「では、吉右衛門さん、ここのところ、石見銀山をどこに卸したか帳簿を見せて欲しいんですが、お願いできますかね」

重蔵は石見銀山をおかしな使い方をした店、あるいはそこで働く奉公人を当たるつもりなのである。

「わかりました。薬種問屋としては、他人事ではありませんからね。下手人探しに、力添えいたしましょう」

吉右衛門はそういうと、両手を叩いてパンパンと鳴らし、

「おーい、だれかいるかね」

といって奉公人を呼んだ。

少しすると、大年増の女中が襖を開けて、

「旦那さま、なに用でございましょう」

といった。

「番頭の市兵衛に帳簿を持ってくるようにいいなさい」

吉右衛門がそういったときだった。

（そういえば、七年前、この「富山屋」から二十五両もの大金を〝取逃〟して上方にいった番頭の鹿七は、あれからどうしているだろう……）

と、重蔵はふと思い、吉右衛門の顔をあらためて見つめた。

「はい。かしこまりました」

女中はうやうやしく頭を下げ、襖を閉めていき、吉右衛門はとっくに冷め切っているだろう、茶を飲んでいる。

ふたりきりの部屋は、沈黙に包まれた。すると、重蔵の胸の内で突然、得体の知れないまがまがしい思いが膨れ上がってきて、鼓動が激しくなってきたのだった。

（いったい、どうしたっていうんだ……）

重蔵が戸惑いながら、胸の内でつぶやいていると、

「旦那さま、市兵衛でございます。帳簿をお持ちしました」

という声が聞こえて襖が開き、三十をいくつか過ぎた番頭の市兵衛が姿を見せた。

「帳簿をそちらの親分さんにお見せしなさい」

「はい」

番頭の市兵衛が近づいてきて、重蔵に帳簿を差し出した。

「ありがたい。吉右衛門さん、この帳簿、今日いっぱい借りることはできませんか？」

と、重蔵はいったが、気持ちは上の空だった。

吉右衛門は一瞬、困った顔をして見せたがすぐに、

「市兵衛、親分さんのいうとおりにしていいね」

と、番頭の市兵衛に訊いた。

「はい。万一なくなったときに備えた写しがございますから、明日お返しくださるのであれば、問題はございません」

と、市兵衛は穏やかな口調でいった。

「だそうです、親分」

「それは、ありがたい。では、おれはこれで――」

重蔵の心の中はざわつきが続いていたが、平静を装って早々に部屋をあとにした。

そして、近くの自身番屋に寄って、人相書きを「富山屋」にいかせるように番太郎に命じ、家の近くまできたときのことだった。

「親分、こんにちは」

と声をかけられ、振り向くと、重蔵の家の裏の長屋に住む猪助の息子で、「富山屋」の倅の清太郎と同じ寺子屋に通っている幸吉が風呂敷を持って立っていた。

「幸吉、寺子屋の帰りかい」

「はい」

「あ、そうだ。『富山屋』の清太郎が姿を消したって話は知ってるだろ？」

重蔵が訊くと、

「え？　姿を消したってことは、家にいないんですか？　てっきり風邪でもひいて家で休んでいるんだろうと思っていました。どうしていなくなったんですか？」

利発そうな顔をしている幸吉が、首を傾げて訊いた。

「どうして姿を消したのか、まだはっきりしなくてな……幸吉、清太郎のことでなにか見たり、聞いたりしたことがあったら、おれに教えてくれないか？」

重蔵が幸吉の頭を撫でながらいうと、

「うん。でも、大丈夫かなぁ、清太郎……」

幸吉は心配そうな顔をしている。

「大丈夫さ。きっと、見つかるよ」

重蔵は幸吉を安心させようと、穏やかな笑みを浮かべていった。

すると幸吉が、

「そうですよね。清太郎は、ときどきおかしなことをするから――」

といったとき、重蔵の中でなにかがはじけた気がした。幸吉とこうして出会ったのが、ツキを呼んだのかもしれない。

長慶寺の軒下を塒にしていた男たち五人に毒入りの大福餅を食わせて殺した下手人が割れたのは、それから数日後のことだった。

七

蛤町の長慶寺近くにある吉田玄庵の診療所に、その日の昼過ぎ、ひとりの男がおとないも告げずに忍び込んだ。玄庵は助手の女を伴って往診に出ており、診療所には奥の部屋で薬を飲んで眠っている老女がひとりいるだけだった。

その老女は、石見銀山を仕込んだひと口大の大福餅を少し口に入れただけだったから、一緒にいた五人の男たちのように命を落とすことはなく、現場に駆けつけた玄庵に診療所に運び込んでもらい、治療を受けた。しかし、意識が戻るか、それともそのまま息を引き取るか、玄庵にも判断がつかないほどの重態だった。

診療所に忍び込んだ男は、眠っている老女に近づいていくと、懐から小さく折りたたまれた紙を取り出すと、そっと老女の口に持っていった。

と、さっきまで目を閉じていた老女が突然、ぱっと目を開けた。男は驚き、思わず「ひっ」と小さく叫び、手にしていた紙を床に落とした。

「やっぱり、下手人はあんただったかい。吉右衛門さん――」

背後から声がして、吉右衛門が顔を引きつらせて振り向くと、重蔵と京之介が部屋の入口に立っていた。

「お、親分、それに八丁堀の旦那、わたしはなにも――」

吉右衛門が言い訳しようとするのを、

「ほぉ、自分はなんにもしてないといいたいのかい？　それじゃあ、その床に落としたおまえさんが持ってきた、折りたたんだ紙の中に入っているものを飲んでみてもらいましょうかっ」

　重蔵の言葉遣いは穏やかだが、声の響きには凄みがあり、眼差しは震えが走るほどの怒りがこもっている。

「さぁ、どうぞ――」

　京之介は床に落ちていた小さくたたまれた紙を拾い、それを広げて吉右衛門の口元に持っていって、皮肉な笑みを浮かべながらいった。

　吉右衛門は恐怖で顔を引きつらせたまま、口を強く結んで開こうとしないでいる。と、京之介は腰に差していた大刀の柄元を左手で摑んで、それを勢いよく前に突き出し、どんっと吉右衛門のみぞおちに当てた。

　吉右衛門はたまらず、「うぐっ」と声をあげ、口を開けた。と、京之介は、その吉右衛門の口に素早く紙に包まれていた白っぽい粉を口に入れようとした。

「ひ、ひ～っ、や、やめてくれっ……」

　吉右衛門は腰を抜かし、床に尻もちをついて、室内を逃げ回った。

　おもむろに吉右衛門に近づいていった重蔵は、懐から出した十手で肩を、びしっと打ち、

「往生際が悪すぎるぞっ！　観念しろっ!!」

ぎっと睨みつけていった。

痛さに顔を歪めた吉右衛門は、肩をがっくり落として動かなくなった。

「――親分、わたしを尾けてきたんですか？……」

吉右衛門が悄然といった。

「ああ、おまえさんが下手人だとわかったからね」

「どうしてわかったんです？」

「おまえさんが自分でいったんだよ」

「え？」

そんな馬鹿な――という顔をして吉右衛門は、顔をあげて重蔵を見た。

「おまえさんの家にいって、長慶寺の軒下を塒にしている男五人が石見銀山を仕込んだものを食って殺された。まったく恐ろしいことをする者がいるもんだと、おれがいったあと、おまえさんは『五人ですか？』と確かめた。どうしてか――おまえさんは、そこの婆さんも入れた六人を殺したつもりだったから、確かめずにいられなかったんだ。違うかい？　それから、『毒入りの大福餅を食べさせたことしか知りません』ともいった。おれは、石見銀山を仕込んだものを食わせて五人も殺したとはいったが、毒入りの〝大福餅〟を食べたなんて、一言もいってないし、毒入り大福餅のことを他に知っているのは、ここにいる若旦那と玄庵先生、それに下っ引きの定吉しかいないんだよ」

吉右衛門は、〝しまった〟とばかりに顔をしかめている。吉右衛門の家にいたとき、重蔵の胸の内の中で突然、得体の知れないまがまがしい思いに膨れ上がり、鼓動が激しくなったのは、吉右衛門が下手人しか知らない秘密を口にしたのに、その言葉を聞き流してしまったからだったのだ。

そして、吉右衛門の家から自分の家へ帰ろうとしていた道すがら、寺子屋帰りの幸吉に出会って立ち話をしたとき、重蔵は居酒屋「小夜」で、幸吉の父親の猪助から聞いた話を思い出したのである。

吉右衛門の息子の清太郎が、寺子屋で〝渋い〟があったとき、『いつも幸吉だけが〝上げ〟をもらうのを、おもしろくないと思っていた子がやったってんです』と猪助がいい、それを聞いた重蔵は、『それはつまり、あれかい。幸吉の書を狙ったことがばれるのを恐れて、寺子たちみんなの書を巻き添えにしたってことかい』と話した自分の言葉も同時に思い出したのである。

下手人は、長慶寺を塒にしていた六人すべてを邪魔者扱いして殺そうとしたのではなく、六人の中のだれかひとりを殺そうとしたのではないか？　それはどこのだれで、なんの恨みがあったのか？――そのことを考えつづけていた矢先、玄庵の助手の女が重蔵の家にやってきて、毒入り大福餅を口にして意識をなくしていた婆さんが気がついたという知らせを受けたのだった。

重蔵は診療所に駆けつけ、婆さんに事件当日かその前でも何か変わったことはなかったかと訊いた。すると、婆さんは、一緒に長慶寺の軒下を塒にしている顔や手に白い布をぐるぐるに巻いた男で、少し上方訛り（なま）の混じったしゃべりかたをする男から頼まれごとをしたと答えた。どんな頼まれ事だったのかと訊くと、男の子を連れてきて欲しいといったのだという。

そしてその男についていくと、寺子屋帰りの男の子を指さして、おっかさんが腹痛を起こして近くの診療所にいるから、連れていってやるといってくれといい、婆さんがその子を油堀沿いにある小屋に連れていくと、男は婆さんだけを外に呼び出して、男の子を残して外から鍵をかけて監禁したというのである。

重蔵が、その子の名は訊いたかと訊くと、婆さんは知らないと答えた。そこで、『もしかして、この子じゃないかい』と、清太郎の人相書きを見せると、『ああっ、この子だ。間違いないよ』といったのだった。

婆さんの話を聞いた重蔵は、その男はもしや、鹿七ではないかと思い、確かめるため長慶寺に行き、まだ埋められていない早桶を次々に開けて、顔や手を白い布でぐるぐる巻きにしている男の亡骸を探した。そして見つけ、顔に巻かれていた白い布を取り払うと、ひどい火傷を負っており、ずいぶん様変わりしていたが、やはり鹿七に間違いなかった。

七年前、鹿七は重蔵の勧めで上方にいくといっていた。婆さんが少し上方訛りのあるしゃべりをする男といったのは、七年も上方にいた鹿七は上方訛りが少し出ていたのだろう。

八

「吉右衛門さんよ、どうして上方に〝欠落〟した鹿七が七年経った今になって江戸に舞い戻り、あんたの息子の清太郎を拐かしたのかねぇ?」

玄庵の診療所で吉右衛門をお縄にして、蛤町の自身番に連れていき、奥の間の床に座らせて重蔵が訊いた。

「あんな図々しい男の了見なんてわかるはずがないでしょう……」

と、吉右衛門は口の端を曲げて答えた。

「そうかい。じゃあ、おれが教えてやろう。鹿七がおまえたちの息子を拐かしたのは、かつて自分と所帯を持つ約束をした女の、おふじが産んだ子だからだ。違うかい?」

上がり框に腰を下ろしていた重蔵が、吉右衛門の目の前にきて腰を低くして顔を近づけていうと、吉右衛門は目を見開き、口をあんぐり開けた。

毒入りの大福餅を食べたがなんとか命が助かった婆さんの話によると、江戸から上方に〝欠落〟してきたものの、鹿七は商いの本場ではどんな商いに精を出しても歯が立たなかったといっていたという。

そんなある日、やけ酒をあおって長屋で眠り込んでいたとき、長屋が火事になり、逃げそびれた鹿七は大火傷を負ってしまった。

何をやってもうまくいかないうえに、大火傷で体まで不自由になってしまった鹿七は、江戸が恋しくなって舞い戻った。

しかし、江戸は不景気の真っただ中で、大火傷を負って体の不自由な鹿七が働ける場所などどこにもなかった。

「鹿七は物乞いになって暮らすしかなかった。そんなあるとき、昔、自分と所帯を持つ約束をした女が息子を連れて、知っている男と仲良く歩いている姿を見たと、長慶寺の塒仲間の婆さんにいったそうだ——いうまでもない。その女と男は、あんたの後添えで、おなみと名を変えた、おふじで、男はおまえさんだ。そして、その息子こそ、あんたらの息子の清太郎だ」

どうして、吉右衛門の息子の清太郎を拐かしたのか？――そのことをずっと疑問に思っていた重蔵は、もしやと思って、定吉におふじが今どこで何をしているのかを調べさせたのだった。

すると、重蔵の下っ引きをしていた常吉の情人（いろ）だったおふじは、六年前に常吉が悋気の強い他の情人（いろ）に刺殺されたあと、働いていた富岡八幡宮境内の水茶屋の「川乃」を辞めて名前を「ふじ」から「なみ」に変えて、「富山屋」の主である吉右衛門に囲われて暮らすようになったと、仲の良かった同僚の女から訊き出すことができた。

おふじが名前を「おなみ」に変えたのは、吉右衛門のいいつけだった。吉右衛門が、かつて因縁のあるおふじを囲うようになったのは、吉右衛門の妻が跡取りを産むことのないまま、重い病を患って命がそう長くないと知ったからだった。

吉右衛門は、どうしても跡取りが欲しかったのである。そして妻は死に、吉右衛門は一度手籠めにしたことのある、おふじを後添えに迎えたのである。

だが、おふじが吉右衛門の後妻になったとき、だれかがおふじのことを調べ、おふじの素性を知られては「富山屋」の信用に傷がつくと考え、おふじの名を「なみ」に変えたのである。

「おまえさんとおふじが、跡取り息子をつれて歩いている姿を目にしたとき、鹿七の胸の中に激しい復讐の炎が燃え上がったんだ。自分が今こうなってしまったのは、もとはといえば、すべて暖簾分けの約束を反故(ほご)にしたうえに、自分と所帯を持つ約束をしたおふじを自分のものにし、それを理由に暖簾分けさせまいとしたおまえさんのせいだと――」

そして、鹿七は同じ長慶寺の軒下を塒にしていた婆さんに頼んで、寺子屋帰りの清太郎を拐かすことにした。

「婆さんの話によると、鹿七は、つなぎの文をどこかの小僧に小銭を摑ませて吉右衛門に渡させ、息子を返して欲しければ、金を用意しろとでも書いたようだ。金額と場所は、追ってまたつなぎの文を送ると書いて――そして今度は、また別のどこかの小僧に男が文を渡すところを物陰に張り込んでいたおまえさんは見て、文を渡したのが蛤町の寺の軒下でその日暮らしをしている物乞いに成り下がった鹿七であることを摑んだ。そして、殺そうと決めたんだ。周到にしっかり下調べして、下手人が自分だとは決してばれないようにするにはどうすればいいか考えに考えた――そして、毒入り大福餅で長慶寺の軒下を塒にしている六人すべてを殺せばいい――そう思いついたのさ。いや、寺子屋で自分より出来のいい幸吉を陥れるのに使った方法を倅の清太郎から聞いて思いついたんじゃないのかい？」

「そのとおりですよ、親分――」

それまで黙りこくっていた吉右衛門が、観念したのか、唐突に口を開いた。

「ほぉ、ようやく白状したな――」

重蔵は話を続けた。

「毒入り大福餅を作り、長慶寺の軒下を塒にしている六人に食べさせて殺そうとした下手人は吉右衛門、おまえさんに違いないと確信した、おれとここにいる若旦那は、おまえさんを見張ることにした。必ず、おまえさんは口封じのために生き残った婆さんを殺しに吉田玄庵の診療所にくると踏んだからね」

そのときも、吉右衛門は周到だった。まず、奉公人を使って六間堀町からほど近い蛤町の玄庵のところにいかせて、おなみの頭痛がひどいので助手の女を連れて往診にきて欲しいと金をはずんで頼み込み、診療所には婆さんひとりしかいない状況を作ったのである。もちろん、自分が忍び込めるようにするためだ。

重蔵は、京之介に吉右衛門の使いの者を尾けさせて診療所にいってもらい、玄庵に吉右衛門の頼み事に応じるようにいった。

そして、ひとり残った重蔵は吉右衛門が「富山屋」から出てきて、京之介がいる玄庵の診療所に向かうのを待ち、尾けていけばいい。

案の定、吉右衛門は重蔵の読みどおりの行動に出たというわけである。

「吉右衛門、ひとつ教えてくれ。あのひと口大の大福餅は、どこから手に入れたんだ？」

本所深川じゅうの大福餅を売っている店を探索したが、ひと口大の大福餅を売っている店を探すことはついにできなかったのである。

「ふふ。餡と餅を別々の店で買えば、大福餅を買った者を探しても足がつかないと考えましてね。そして、買ってきた餡と餅を使って、わたしがひと口大の大福餅を作るときに、大人ひとりが死ぬ石見銀山を混ぜ込めばいいだけのこと。簡単なことですよ」

ふてぶてしい笑みを浮かべていう吉右衛門に、それまで近くで黙って見ていた京之介が口を開いた。

「どこまでずる賢い男なんだ――」

つぶやくように抑揚のない口調でいったが、重蔵は京之介の体じゅうから殺気が漲っているのがわかった。

「おれが、おまえさんのところにいって、お救い小屋を建てるための寄付をしてくれと持ちかけたとき、すんなりと寄付をするといったのも、少しでも怪しまれないためだったというわけだ。おまえのやったことは、人間のする仕業じゃない」

重蔵は、呆れと怒りが入り混じった奇妙な感覚に囚われながらいった。

「親分、しかしね、信じてもらえないかもしれませんが、わたしだって、金をせびられたくらいで六人もの人間を毒入りの大福餅を食わせて殺すなんて、そんな酷いことをするほど極悪非道な人間じゃありませんよ」

「吉右衛門、まさかこの期に及んで、下手人は自分じゃないとでもいうつもりじゃないだろうな？」

「いえいえ、下手人は、確かにわたしですよ。鹿七は確かに最初は金をよこせといってきましたよ。金をよこさないなら、おふじの素性を世間に知らしめて、信用を失わせて店をつぶしてやるとわめいてね。しかし、そんな脅しをわたしが怖がるわけはない。やるならやってみろといってやりましたよ」

「ほぉ、それで？」

「わたしが、鹿七を殺すしかないと思ったのは、清太郎を拐かして大金をふんだくろうとしただけでなく、おなみを抱かせろといってきたからですっ……いうとおりにしなければ清太郎を殺すと脅してきたんです。それでわたしは、もう鹿七をなんとしても殺すしかないと腹をくくったんだ。跡取りを産んでくれたおなみは、わたしにとって、なににも代え難い大事な女ですからねっ」

吉右衛門は顔を醜く歪ませて、唸るような声を出していった。

「親分のいうとおり、お救い小屋を建てるための寄付金を出すといったのも、確かに親分から少しでも怪しまれないようにするためでしたが、もうひとつ、親分に恩を売っておいて、鹿七を殺したあと清太郎を探してもらうためだったんです。鹿七は人がすっかり変わったとはいえ、そもそも気の小さい人間ですからね。幼い清太郎をそうそう簡単に手はかけないと踏んでいたからです」

重蔵は、吉右衛門のずる賢さにほとほと呆れて言葉が出てこなかった。

「すべては、おなみを守り、店の跡を継がせる清太郎のためにやったことです。六人もの命を奪った下手人が、『富山屋』の主のわたしだと知れたら店は潰れてしまいますから、わたしはありとあらゆる知恵を絞って、この計画を考えました。親分、だってそうでしょう。店が潰れてしまったら、おなみと清太郎はどうなります?! それだけはなんとしても避けなければならない。そうするには、極悪非道な手を使ってでも鹿七を殺して、『富山屋』を守らなきゃならない。そう思ったんですよっ——ねぇ、親分、清太郎は、無事なんですか。どうしているんです……」

　吉右衛門は、重蔵にすがりつくようにして訊いてきた。

　重蔵は呆れ返りながらも、

「心配はいらない。なん日も掘っ立て小屋に閉じ込められていたから、弱っちゃいるが、定吉が玄庵先生が向かったおまえさんの家に連れていって、今ごろ診てもらっているだろうよ」

　といった。

「そうですか。それは、ありがとうございます。親分、親分のいうとおり、わたしが毒入り大福餅を食べさせ、長慶寺の軒下を塒にしていた五人の男を殺し、そこの老女を殺し損ねた下手人であることに間違いないことを調べ番屋でもはっきりと申し上げます」

　清太郎の無事を知ったからだろう、吉右衛門はなにか憑きものが落ちたような、はじめてみる穏やかな顔をしていった。

九

一月(ひと)後の初雪が降った夜――重蔵は居酒屋「小夜」に京之介と定吉と一緒に飯を食いにいった。

店はいつにも増して客であふれ返っていた。「小夜」にくる客は、長屋住まいの職人たちばかりである。あちこちから聞こえてくるのは、深川のあちらこちらに、お救い小屋を建てることが決まり、久しぶりに仕事が切れることなく入り、忙しいという声ばかりだった。

「親分、聞こえてるでしょ。みなさん、仕事がたくさんあって喜んでいますよ。それもこれも親分がお救い小屋を建てるのに奔走したおかげですよ」

銚子を持ってきた小夜が、重蔵の隣に腰をかけて、うれしそうな顔をしていった。

「おれはたいしたことはしていないよ。それぞれの町役人さんたちが、奔走してくれたおかげさ」

重蔵は少しばかり困り顔をしていった。深川で最初にお救い小屋ができたのは、木場だった。そこは確かに重蔵と木場の町火消しの辰造の働きかけによって、木場の材木問屋の元締めである「長野屋」が建物の土地を提供し、紙問屋の「白木屋」の寄付金で食い扶持を賄うことができ、木場の材木商たちが炊き出しのため女中たちを代わる代わる用意してくれたからできたのだった。

その木場のお救い小屋ができると、かなりの数の道端で暮らす者たちを助けることができ、盗みやスリの被害も少なくなったのである。

そうなると、やはりお救い小屋は必要だという声が次第に大きくなっていくと同時に、木場の材木問屋の「長野屋」や材木商たち、紙問屋の「白木屋」の評判も高まっていった。と、それを感じ取った他の町の商人たちも寄付をすると言い出し、町役人たちも競うようにいろいろな店や地主連中に働きかけるようになっていったというわけである。

「なんにしろ、親分の働きが大きかったことは間違いのないことだよ」

いつもの小上がりの席に腰を落ち着けた京之介がいうと、

「京之介さんのいうとおりでさ、親分」

と、定吉もうれしそうな顔をしていった。

そして、次から次へと「小夜」にくる客、くる客、重蔵の姿を見るとまっすぐにやってきて、「親分のおかげで仕事にあぶれることがなくなりました」、「親分は、深川の職人たちにとっちゃ、神様みてぇなお人です」などと礼を述べ、「一杯、受けてくだせぇ」といって、持ってきた銚子で酒を注いでくる者が後を絶たなかった。

しかし、重蔵はそうしてやってくる者たちの誘いを拒みはしないものの、笑みを見せることなく、浮かない顔をしたままだった。

「親分、まだなにか心配ごとでもあるんですか？」

料理を運んできた小夜が、柳眉をひそめて心配そうな顔をして訊いた。

「いや、心配ごとなんてないんだが——ああ、今日、『富山屋』の吉右衛門に死罪が言い渡されたそうだよ」

重蔵がいうと、

「そうですか。毒入りの大福餅を食べさせて五人もの命を奪ったんですもの、死罪は当然の報いですよね」

小夜は安堵した顔でいった。死罪の裁許が出るまでの期間は事と次第によって様々で、数日で決まる場合もあれば、数か月かかる場合もあるが、たいていの場合一月(ひとつき)ほどで言い渡される。

命拾いした、あの婆さんは名は「梅(うめ)」といい、最初に建てられたお救い小屋で今は元気になって過ごしている。

そして「富山屋」は潰れ、おなみこと、おふじと清太郎の行方はだれもわからない。

「お救い小屋の件といい、毒入り大福餅の事件といい、解決することができたんだ。今夜は飲み食いを楽しんでいいと思うけどね」

京之介が珍しく笑顔でいうと、店の戸が開いて幸吉の父親の猪助が姿を見せ、重蔵たちを見つけると足早にやってきた。

「親分、このたびはご苦労さまでした」

そんな猪助に重蔵は、自分の銚子を持ち上げて、

「礼をいうのは、おれのほうさ。一杯受けてくれ」

といった。

「へ？　あ、へい……」

猪口をもった猪助は、狐（きつね）につままれたような顔をして、重蔵に酒を注いでもらいながら小首を傾げている。

すると、定吉が、

「猪助さんから、幸吉の寺子屋での騒ぎの話を聞かなかったら、『富山屋』の吉右衛門の今回の殺しの本当の目的が、以前、『富山屋』の番頭だった鹿七を狙ったものだったというところにたどりつけなかったからですよ」

と、重蔵に代わって話した。

「はぁ、それは、なんてぇか、よくわからねぇですが、親分のためにお役に立てたのならうれしいです。へえ――」

猪助は、そういって、猪口の酒を飲み干すと、じゃあといって仲間のところへ去っていった。

「木を隠すなら森の中――そんなことわざが、ぴったりの事件だったな」

京之介が初冬によく食べる柚子（ゆず）入りの雑煮（ぞうに）を食べながら、満足そうな顔をしていった。

「あ〜、さすが京之介さんは学があるだけあって、うまいことをいうなぁ」

定吉は心から感心していった。

だが、重蔵はどこか上の空である。

「本当に親分、どうしたんだい？」

京之介が訝しい顔をして訊くと、

「いや、今回の事件――そもそも、おれが店の金を〝取逃〟した鹿七に情けをかけて、上方に〝欠落〟させなければ起きなかったんじゃないかという思いがぬぐえなくてね……」

重蔵はそういうと、猪口を口に運び、ぐいっとあおり、苦い顔をした。

「親分、それでここのところ、ずっと暗い顔をしてたんですかい……」

定吉がぽつりというと、

「親分、それは考えすぎだとおれは思うな。さ、親分、もう一杯、ぐいっとやって――」

京之介の精いっぱいの思いやりだろう、珍しく笑顔を作って銚子を手に持ち、重蔵に酒を勧めた。

「ふふ。若旦那にそういってもらうと、少しは気持ちが軽くなりますが……」

重蔵は無理に笑顔を作ると、京之介に注いでもらった酒をまた一気にあおり、さっきよりさらに顔を苦しそうにしかめた。

(親分は、頼もしすぎるのと同じだけ優しすぎるんだわ……)

重蔵たちの近くの客の相手をしながら、重蔵の様子を盗み見ていた小夜は胸が熱くなるのを感じているのだった。

二見時代小説文庫

深川の重蔵捕物控ゑ2 縁の十手

二〇二三年 八 月二十五日 初版発行

著者 西川 司

発行所 株式会社 二見書房
〒一〇一-八四〇五
東京都千代田区神田三崎町二-一八-一一
電話 〇三-三五一五-二三一一 [営業]
〇三-三五一五-二三一三 [編集]
振替 〇〇一七〇-四-二六三九

印刷 株式会社 堀内印刷所
製本 株式会社 村上製本所

落丁・乱丁本はお取り替えいたします。定価は、カバーに表示してあります。

 ISBN978-4-576-23094-8
https://www.futami.co.jp/

西川 司
深川の重蔵捕物控ゑ
シリーズ
深川の重蔵捕物控ゑ 1
西川 司 契りの十手
以下続刊
① 契りの十手
② 縁の十手
目の前で恋女房を破落戸に殺された重蔵は、悪党が一人もいなくなるまでお勤めに励むことを亡くなった女房に誓う。それから十年が経った命日の日、近くの川で男の骸がみつかる。体中に刺されたり切りつけられた痕があるのだが、なぜか顔だけはきれいだった。手札をもらう同心千坂京之介、義弟の下っ引き定吉と探索に乗り出す重蔵だったが…。人情十手の新ヒーロー誕生！

二見時代小説文庫

榊　一太郎

徒目付暁純之介御用控

シリーズ

以下続刊

① 潔白の悪企み

暁純之介二十五歳は目付配下の徒目付。徒目付は相役と二人で役目を担う。大抵、相役は決まっているが、純之介には決まった相役がいない。今回の相役は十歳ほど上の小幡大五郎。だが目付の命を受けるこの場に小幡の姿はない。そもそも相役には何も期待しない純之介だが……。新番組頭への登用が内定している小普請組大野左京の行状を調べよ――。これが二人への命令だ。

藤 水名子
まむしの末裔 1
古来稀なる大目付
以下続刊

藤 水名子

剣客奉行 柳生久通

シリーズ

完結

①獅子の目覚め
②紅の刺客
③消えた御世嗣
④虎狼の企み

将軍世嗣の剣術指南役であった柳生久通（ひさみち）は老中松平定信から突然、北町奉行を命じられる。一刀流免許皆伝とはいえ、市中の屋台めぐりが趣味の男にはあまりに無謀な抜擢に思え戸惑うが、能ある鷹は爪を隠す、昼行灯と揶揄（やゆ）されながらも、火付け一味を一刀両断！ 大岡越前守の再来⁉ 微行（おしのび）で市中を行くのは、一刀流免許皆伝の町奉行！

藤 水名子

火盗改「剣組」

シリーズ

①鬼神 剣崎鉄三郎
②宿敵の刃
③江戸の黒夜叉

《鬼平》こと長谷川平蔵に薫陶を受けた火盗改与力剣崎鉄三郎は、新しいお頭・森山孝盛のもと、配下の《剣組(つるぎぐみ)》を率いて、関八州最大の盗賊団にして積年の宿敵《雲竜党》を追っていた。ある日、江戸に戻るとお頭の奥方と子供らを人質に、悪党たちが役宅に立て籠もっていた…。《鬼神》剣崎と命知らずの《剣組》が、裏で糸引く宿敵に迫る！